Warum wurde Purzel umgebracht?

Pitt

Pitt

Warum wurde Purzel umgebracht?

Novelle

Ein Projekt der Agentur am Aspersort
August-Krogmann-Straße 174, 22159 Hamburg
Telefon 040-64551454
e-Mail: peter-aspersort@t-online.de
www.agentur-aspersort.hamburg

© Armin Peter, 2017

Herstellung und Verlag:
BoD – Books on Demand,
Norderstedt 2017

ISBN: 978-3-7431-6699-8

Rainer Peter
(1941-2004)
gewidmet

1

Der große Garten, in dem Purzel umgebracht wurde, liegt vergraben unter Wohnsiedlungen, die mit der Entfaltung des deutschen Wirtschaftswunders begonnen hatten, die Stadtgrenze zu überwachsen, hinüber zum Benther Berg, der in den Augen des Zehnjährigen stattlich gewesen ist, zwischen Kamm und Kegel schwankend, nicht nur die sanfte Erhebung einer bebauten Gegend im Calenberger Land.

Pitt wohnt im Hotel Benther Berg, in einem heimeligen Zimmer des abseits vom Hauptgebäude liegenden Landhauses am Park, der von einer Trauerweide beschirmt wird. Der flache, schlichte Bau erinnert ihn an das weiß verputzte Gartenhaus in dem großen, mit einer Obstwiese verbunden Garten an der hannoverschen Stadtgrenze.

Sie war hier in der Mitte des vorigen Jahrhunderts markant. Eine Zeile von mehrstöckigen Wohnhäusern hatte sich an sie herangeschoben. Exakt auf der Linie, die den hannoverschen Vorort von den Dörfern im Umkreis des Benther Bergs in der Seelzer Gemarkung trennt, stand der Zaun des Obstgartens. Eine graue Hauswand war der Grenzwall zwischen dem städtischen und dem ländlichen Leben.

Pitts Onkel Ludwig, der Pächter seines „großen Gartens" – so nannte er ihn, anspielend auf den Großen Garten in Herrenhausen, an dessen Rand das Heim seiner Naturfreunde lag –, wohnte in Limmer, und wenn er aufbrach, seinen Garten zu bewirtschaften, zog er einen Handwagen, der in seiner Größe eher ein bäuerlicher Leiterwagen war. Der Weg war lang und nicht ohne Steigungen, und war der Wagen schwer beladen, musste die

Tante Wilma ihren Mann mit der Schubkraft ihres massiven Körpers unterstützen. Purzel saß auf dem Wagen, aufmerksam um sich blickend, sehr diszipliniert, überhaupt nicht abgelenkt durch Artgenossen am Wegesrand, absolut gehorsam, denn sein Herr musste sich auf die Bewegung des schwerfälligen Gefährts konzentrieren und konnte sich nicht um einen umherspringenden Hund kümmern. Als helfender Zughund war der Terrier trotz seines stämmig kräftigen Körpers nicht zu gebrauchen. Pitt, der einmal den wenig beladenen Wagen eine kurze Strecke manövrieren musste, hatte die Leine des Hundes wirklich einmal, inspiriert durch die Hundegeschichten Jack Londons, an die Deichsel gebunden, den Versuch aber rasch aufgegeben.

Der Onkel bewirtschaftete zwei Gärten: den Garten mit seinen vielleicht achthundert Quadratmetern hinter der Doppelhaushälfte in Limmer, die ihm gehörte, und den dreimal so großen Garten jenseits der Stadtgrenze („Einen Morgen groß", sagte er, und so war er für Pitt das Morgenland). Der städtische Häusler nutzte beide Gärten intensiv, vor allem für den Anbau von Äpfeln, Zwetschgen und Quitten, Süß- und Sauerkirschen, Himbeeren, Stachelbeeren, Johannisbeeren, Erdbeeren. Aus dem Boden, der nicht im Schatten von Obstbäumen und Sträuchern lag, wuchsen vor allem Kartoffeln, Karotten, Rosen- und Grünkohl. Sie dienten weitgehend der Deckung des Eigenbedarfs, wohingegen Obst und Beeren Handelsgüter waren. Der Onkel war Frühinvalide und gezwungen, sein Einkommen durch den Verkauf der Gartenprodukte aufzubessern.

Das Morgenland – wie konnte Pitt es anders erleben als sein Paradies? In Kirchrode, einem südöstlichen

Stadtteil Hannovers, wohnte er mit seiner Mutter und drei Brüdern in einem Haus mit einem Garten, in dem die noch vollständige Familie allein gewohnt hatte, bis sie – jetzt unvollständig – nach dem Ende des Krieges in die Mansardenwohnung hinaufziehen musste und den Garten nicht mehr nutzen konnte. In den Sommerferien in den Garten des Onkels umsiedeln zu dürfen, empfand Pitt als ein Privileg. Der Onkel war sein Gastvater, die Tante Wilma spielte trotz der größeren verwandtschaftlichen Nähe – sie war eine Schwester seiner Mutter – eine nebengeordnete Rolle.

Gern hätte er im durchaus komfortablen Gartenhaus geschlafen, doch das wurde von den Gasteltern nicht gestattet. Streng verboten war auch der Gebrauch des Luftgewehrs, der „Vogelflinte", und einer Luftpistole, mit denen der Onkel und sein Sohn Horst in die Kronen der Kirschbäume schossen, wenn die Stare allzu unverschämt die Schnäbel ins Kirschenblut schlugen. In den Händen durfte Pitt Gewehr oder Pistole schon einmal wiegen, sie auch einmal laden, doch schießen durfte er zu seinem Leidwesen nicht, denn Onkel und Vetter hatten ihn eindringlich gewarnt, eine verirrte Kugel könne einen Bewohner des mehrstöckigen Hauses am Rande des Gartens treffen, was bei Kindern zwar nicht ins Zuchthaus, aber doch in die Erziehungsanstalt führe, eine Vorstellung, die für eine der kritischen staatlichen Fürsorge unterworfene Kriegswaise bedrohlich war.

Auch die Tierhaltung des Onkels war beträchtlich. Im großen Garten lebten wohl zwanzig Hühner in einem großen Gehege, das durch einen Gittergang mit der Zelle im Gartenhaus, ihren Hühnerstangen und Legenestern, verbunden war. In einem Anbau des Hauses in Limmer wurden zwei Schweine gemästet. An der Hoffront dieses Hauses stapelten sich hoch die Kaninchenställe, deren zahlreiche Insassen aus den Produkten des großen Gartens unterhalten wurden, einschließlich des Heus der Streuobstwiese. Zwar wurden immer wieder einmal, nicht nur zu den Festtagen, Kaninchen geschlachtet, aber das war nicht der Hauptzweck dieser Tierhaltung. Die Kaninchen waren wertvolle Exemplare einer vielfach preisgekrönten Zucht.

Nicht durch seine halbbäuerliche Tätigkeit beeindruckte der Onkel seinen Neffen, sondern durch seinen Beruf, den er durch einen Unfall, der zu einem nicht kurierbaren Lungenschaden geführt hatte, verloren hatte. Er war Starkstromelektriker und besaß die fabelhafte Fähigkeit, mit Lederriemen und Steighaken an den hölzernen Masten emporzuklettern, bis hinauf zu den Porzellanschellen, an denen die Stromleitungen liefen, die ihr Sirren, zu einem Summen gedämpft, durch die Masten zum Fuß sandten, wo Pitt nicht einmal das Ohr ans geteerte Holz legen musste, um dem Sirenenklang zu lauschen. Die Steigeisen lagen im Gartenhaus, doch Pitt hat es nicht ein einziges Mal geschafft, den Onkel zu bewegen, ihm seine artistischen Fähigkeiten an den beiden Masten, die in der Nähe des Gartens standen, zu zeigen. War er vielleicht einmal abgestürzt aus der Höhe? Vielleicht von einem Schlag getroffen?

Selbst wenn er bereit gewesen wäre, ein Zeugnis seiner bewunderten Meisterschaft am Masten, die Pitt oft bei anderen beruflichen Kletterern an den Straßen erlebte, zu geben, er wäre wohl nicht mehr kräftig genug gewesen, den Aufstieg zu schaffen. Oft schüttelte ihn ein qualvoller

Husten, ein nie endender, kein Atemholen erlaubender, den Körper zum Zerreißen spannender Krampf, der in einer sichtbaren Erschöpfung endete, aus der er erst nach Minuten tiefen Atmens seine normale, immer aber matt klingende Stimme zurückgewann. Pitt war aufgefallen, dass Purzel seinen Herrn in einem sich verkürzenden Radius umkreiste, wenn die Attacken ihn packten, nicht aufgeregt panisch, sondern konzentriert aufmerksam, als wollte er sich überzeugen, dass seinem Herrn nichts Auffallendes geschah.

Das Leiden, nahm Pitt an, war wohl die Ursache dafür, dass der Onkel recht mager war, sein Gesicht schmal und erschreckend bleich unter den Jochbeinen in sich zu versinken schien und die Augen groß und flammend aus ihm hervorsprangen. Immer wieder wunderte Pitt sich, dass der Onkel es schaffte, seinem nur aus Knochen und von dicken Adern umwundenen Sehnen gebauten Körper die Arbeitsleistung abzuverlangen, die ein Garten, der intensiv bearbeitet wird, braucht, beim Graben, beim Rechen und Hacken, beim Pflücken zwischen Beeten und Bäumen, beim Holzspalten, beim Mähen des Grases der Obstwiese mit der weitausholenden, häufig gedengelten Sense, oder wenn er seinen oft so hoch beladenen Handwagen zog.

Die Schmächtigkeit seines Körpers wurde betont durch die Mächtigkeit der leiblichen Erscheinung seiner Frau, die über große Kräfte verfügte, ja, fähig war – was Pitt einmal ziemlich fassungslos beobachten konnte – ihren Mann auf den Armen eine Treppe hinauf zum Sofa in der Stube zu tragen, als ihn ein Hustenanfall auf dem Küchenstuhl in verzehrender Wucht getroffen hatte. Zwar überragte der Onkel seine rundlich stämmige Frau um einen halben Kopf, aber wenn das Paar zusammenstand, schien der Onkel in der fragilen Kontur seines Körpers schier zu verschwinden.

Hatte es auch einen körperlichen Grund, dass der Onkel ein wortkarger Mann war? War er gezwungen, mit seinen Kräften so haushälterisch umzugehen, dass er den stimmlichen Aufwand reduzieren musste? Nie war seine Stimme laut, auch nicht, wenn er, was häufig geschah, mit seiner Frau in einen Disput über praktische Dinge des Alltags verwickelt war, und selbst seinen Hund, der ja keinen Namen mit hell befehlenden Vokalen hatte, rief er mit einem Laut, der eher wie ein Seufzer klang. Vielleicht hatte Pitt sich das eingebildet: aber er meinte, Purzels Bellen klänge in Gegenwart des Onkels gedämpfter als im Spiel mit ihm.

Die klettertechnischen Fähigkeiten des Onkels waren in der körperlichen Schwäche allerdings nicht verloren gegangen. Wenn die Leitern, die der Onkel mit Hilfe der Tante in die Höhe balancierte, hinauf in die Kronen der Obstbäume gefahren waren, eilte der Onkel mit der zarten Beweglichkeit eines Eichhörnchens hinauf, achtete nicht auf die Warnrufe seiner Assistentin und trat keck von den Sprossen auf die Äste, die sich unter seinem Gewicht nur sanft senkten. Ja, er verließ den sichernden Grund der Sprossen und trat frei auf die Äste hinaus, wenn sich ihm Früchte in Reckhöhe darboten. Wenn er den Apfelpflücker zur Hilfe nahm, stand er oft im Geäst, ohne sich an einem Ast festzuhalten. Eine seiltänzerische Geschicklichkeit bewies er auch auf der Trittleiter, die er an die Kronen der niedrigen Sauerkirschenbäume stellte: denn auf ihr musste er beide Hände frei haben, weil er die

Stiele der Kirschen mit einer Schere durchschnitt – „die verbluten ja", hatte er gerufen, als Pitt sie unachtsam von ihren Stängeln gerissen hatte.

Als Pitt einmal, Jahrzehnte später, im eigenen Garten zwei mächtige, mit ihrem Geäst über das Dach des Hauses fingernde Birken entfernen lassen musste, war er erleichtert, dass der Baumgärtner über eine Seiltechnik verfügte, die ihm erlaubte, die Bäume von der Krone abwärts Stück für Stück zu fällen. Das hätte dem Onkel gefallen, dachte er, wenn die Säge surrte und Zweige vom Schredder verschluckt wurden.

2

Nur in den Sommerferien durfte Pitt nach Limmer reisen. Reisen? – von einem Vorort der Landeshauptstadt in den anderen – heißt das reisen, selbst wenn das Ziel des großen Gartens über die Stadtgrenze hinauswies? Im Frühjahr und Herbst, meinte die Mutter, sollten Onkel und Tante nicht auch noch vom Neffen behelligt werden. Eine Extrafahrt – von Kirchrode mit der Linie 5 zum Kröpcke, Umsteigen in die Linie 1 nach Limmer – zerstörte die ausgetüftelte Balance des mütterlichen Haushaltsbudgets nur dann nicht, wenn ein Geburtstag in der Familie Heinse in Limmer die Anwesenheit der Schwester und Schwägerin und mindestens eines ihrer vier Jungen verlangte (der nicht immer Pitt war, und manchmal sprach sich die Mutter auch durch eine plausibel begründete Absage frei). Ein Fahrrad gab erst zur Konfirmation, und die Räder der älteren Brüder, die als Lehrlinge auf ihre Räder angewiesen waren, standen ihm später nicht einmal für die Fahrt an einem Feiertag zur Verfügung, weil er sich den berechtigten Vorwurf zugezogen hatte, ein leichtsinniger Radler zu sein. Der Abschied von Purzel am Ende der großen Ferien war immer ein trauriges Adieu für ein langes Jahr.

Pitt hat in einem ziemlich langen Leben das meiste von dem, was er sich als Kind gewünscht hat, nicht bekommen, sei es durch die Ungunst der Umstände, sei es durch klugen Verzicht; dafür hat er viel Gutes bekommen, das er sich nicht gewünscht hat. Zu seinen sehnlichen Wünschen gehörte die Kameradschaft eines Hundes. Als in der Wohnungsnot nach dem Krieg in seinem Elternhaus, das seiner Mutter nicht gehörte, das peinvolle Zusammenrücken mehrerer Familien begann, musste der Hund Fiffi sein Heim verlassen. Fiffi, der Freund. Der wuschelige kleine Kriegskamerad, der sich auch in den langen Bombennächten stets kregel gezeigt hatte, war plötzlich verschollen, denn die Mutter hatte ihn auf einen den Jungen unbekannten Bauernhof gegeben. Er war zwar der Freund aller Brüder, aber wie es ist: der Sechsjährige hatte sich eingebildet, Fiffis Favorit unter seinen brüderlichen Freunden zu sein. Purzel, der Foxterrier, war für Pitt der jüngere Bruder Fiffis, dessen Rasse nicht bestimmbar war, ein Freund für sechs Wochen im Jahr, der Sommerfreund im Morgenland. Die großen Ferien waren das Fest der Wiederbelebung einer Freundschaft.

Mit einer bänglichen Spannung sah der Urlauber seinem ersehnten Wiedersehen mit Purzel entgegen. Würde sein Freund ihn wiedererkennen?

Fiffi war ein Fanatiker der Wiedersehensfreude gewesen. Als ein Funken sprühender, vor einer Explosion stehender Feuerwerkskörper war er jedem seiner Lieben auch nach kurzer Trennung vor den Füßen gesprungen, war er kugelig an ihnen emporgeschnellt, und wenn der erste Rausch des Wiedererkennens erloschen war, kroch er bäuchlings, den Schwanz in erschöpfter Raserei auf den Boden klopfend, dem Ankömmling entgegen. Bei jeder zufälligen Begegnung auf der Straße würde das geschehen, und so hatte denn die Mutter den Familienhund in ein fernes Exil verbannen müssen – weil ein Tyrann, der große Hundefreund, sein Volk in ein improvisiertes Leben auf Trümmern verbannt hatte.

Es war schwierig zu erkennen, ob Purzel nach dem langen, langen Jahr Pitt wiedererkannte. Denn es war seine natürliche Haltung, jedem Menschen in einer formellen Zurückhaltung zu begegnen – wie jene Butler in den Uniformen junger Soldaten, die den Kindern die Tür geöffnet hatten, wenn sie von den britischen Offizieren zu den Weihnachtsfeiern in die okkupierten Häuser eingeladen worden waren. Vielleicht betonte er leicht die schräge Haltung seines Kopfes, aber das konnte auch bedeuten, in einer Begegnung seine forschende Aufmerksamkeit zu schärfen. Die breite Brust des kniehohen Hundes, bekleidet mit dem kurzglatten Haar, wirkte monumental in der Reglosigkeit des Körpers, der von stämmigen muskulösen Beinen – die der Onkel Läufe nannte – getragen wurde. Wenn Pitt später von Purzel erzählte, haben ihm seine Zuhörer – denn sie sind alle Hundekenner – selten geglaubt, dass sich ein Hund so wenig aus der Reserve locken lässt.

Als wollte Purzel seine Emotionen verbergen, lagen die dunklen Augen in zwei schwarzen Halbmasken links und rechts von der Schnauze. Die beiden Felltücher, die von den elegant geknickten, nach vorn fallenden schwarzen Ohren getragen zu sein schienen, waren durch ein weißes Band, das über der schwarzen Schnauze schmal zum Schädel lief, getrennt. Aber die Augen des Foxterriers! Er musste sich ja – das war das Gebot seiner Art – in so statuarischer Ruhe aufbauen vor den Fuchshöhlen und Kaninchenlöchern, um seine Opfer vor der Stöberattacke in Sicherheit zu wiegen. In den Augen liegt das Leben. Sie sind ganz witternde Beweglichkeit, sie scannen in graduell winzigen Schritten den Raum und die Erscheinungen in ihm, sie haben die Blendenweite, die eine Welt erfasst, und eine Tiefe, in denen der Globus versinken könnte.

Purzels Augen wirkten mit den blinkenden Punkten in ihrer Schwärze feurig, sehr lebendig, fordernd eindringlich, ja, sie vermittelten den Eindruck, es mit einem höchst verständigen Wesen zu tun zu haben. Aber war das nicht ein Ausdruck seines kollektiven Erbes, seiner über viele Generationen auf waidmännische Nützlichkeit getrimmten Rasse? Am Ausdruck der Augen glaubte Pitt zu erkennen, dass Purzel ihn wiedererkannte. Lag nicht ein Lachen in ihm? Ein verschwisterndes Lächeln, das nicht zum Rassenerbe gehörte, als Signal der Verständigung, die nur zwischen Individuen möglich ist. Dem Onkel gegenüber mochte Pitt seine Behauptung, Purzel habe ihn wiedererkannt, nicht durch seine Augendiagnose rechtfertigen. Der Hund habe seinen Schwanz – „Rute heißt das!" – fallen gelassen, wo er doch in seiner stummeligen Keckheit immer in die Höhe strebe. „Das kann viel bedeuten."

Seinem jüngeren Bruder Rainer, der seine großen Ferien bei seiner Patentante auf einem kleinen Bauernhof im Solling erlebte, schrieb er eine Karte: „Purzel hat mich wiedererkannt." Und der Bruder antwortete nach ein paar Tagen: „Ich habe gesehen, wie eine Kuh gekalbt hat".

Zwei sensationelle Nachrichten, des Austauschs würdig, aber Pitt empfand seine doch als eine Spur berichtenswerter.

Im Jahr der ersten Ferien in Limmer und im Calenberger Land musste Pitt die stille Sorge, er könnte Purzel als Fremder begegnen, noch nicht beschäftigen. Noch vergingen die Tage in ewiger Gegenwart, auf die Schatten der Trennung nicht fallen konnten. In diesem Jahr, in der Mitte des Jahrhunderts, hatten sich Pitt und Purzel in einem Urerlebnis verbunden. Im Haus in Limmer lebten drei Generationen: eine uralte Großmutter, Onkel und Tante und der Cousin, wohl fünfzehn Jahre älter als Pitt, mit seiner bezaubernden, etwas jüngeren Frau. Und nun drängte die nächste Generation ans Licht der Welt: ein Kind wurde geboren. In einer Nacht herrschte im Haus eine hektische Geschäftigkeit, Töpfe und Tücher wurden von Zimmer zu Zimmer getragen, eine Frau im weißen Kittel gab resolute Kommandos, der Vetter Horst rannte durch den mondhellen Garten, Pitt und Purzel waren als potentielle Störenfriede in die Stube der Tante, in der Pitt auf dem Sofa nächtigte, eingesperrt worden, was die Unheimlichkeit des Stöhnens und der Schreie, die aus dem Erdgeschoss ins Obergeschoss drangen, erhöhte. Pitt vermutet, dass Purzel ebenso geängstigt war wie er. Er hatte mit den Pfoten an der Tür gescharrt, zur Klinke emporstrebend, und war schließlich mit einem Winsellaut zu ihm aufs Sofa gesprungen und hatte sich an seine Bettdecke gedrängt. Ohne Zweifel hatten die beiden eine gefährliche Situation durchzustehen, die alles in den Schatten stellte, was sie im täglichen Spiel erleben konnten.

Peinigend war dieses gemeinsame Erlebnis, ja, aber nicht peinlich wie das andere, in dem sie wenige Tage nach ihrem Kennenlernen im Limmerschen Haus zusammengewirkt hatten. Die Tante, immer beschäftigt, hatte ihren Gast mit dem Schlaraffenberg eines mit Zimt und Zucker bestreuten Milchreisbreis allein in der Stube zurückgelassen. Und der (trotz des mütterlichen Wahrworts „Gegessen wird, was auf den Tisch kommt" immer krüsch mit dem Essen) quälte sich von Löffel zu Löffel mit einem Mahl, das ihm eine gelinde Übelkeit verursachte. Natürlich kann man einer gastfreundlich fürsorglichen Tante nicht sagen: ich mag das nicht. Doch Pitts Selbstüberwindung stieß auf Grenzen. Er stand – der Brei war längst kalt geworden – am Fenster und sah Purzel vor den Kaninchenställen in einem Mittagsdösen. Er nahm den Teller und fuhr mit dem Löffel schwungvoll über ihn hin, um seinen Inhalt dem Hund im Hof zum leckeren Fraß vorzuwerfen. Schon nahte die Tante mit der Frage, ob der Brei geschmeckt habe. Noch ehe Pitt seine Geschmackslüge auftischen konnte, rief der Onkel aus dem Hof: „Wie kommt denn da der Brei aufs Dach?", und seine leise Stimme war zum Gebrüll gesteigert gewesen und in einem Hustengegurgel untergegangen.

Die Mutter des Onkels lebte in zwei Räumen des Hauses im Erdgeschoss ein geheimnisvolles Leben. Pitt war rasch aufgefallen, dass die alte Frau kaum Kontakte zu ihrer Familie hatte. Sie schien sich in ihrer Schwerhörigkeit verbarrikadiert zu haben. Kam Pitts Sopranstimme vielleicht besser durch das schwarze Hörrohr, das sich von ihrem rechten Ohr zu den seltenen Gesprächspartnern hin wegspreizte, als die der Hausgenossen? Die waren überrascht zu erleben, wie ihr Gast mit der alten Dame ziemlich anstrengungslos parlierte. Er hatte sich in den ersten Tagen seines Aufenthalts einmal in den Straßen

Limmers verlaufen, war ziemlich weit vom rechten Weg abgekommen und der Greisin begegnet, die es sich trotz seines Widerstrebens und ihrer schwachen Beine nicht nehmen ließ, ihn nach Hause zu führen.

Nein, da gab es – erfuhr Pitt bald – ein Kommunikationshemmnis im Haus, das sich nicht auf die Tücken des unansehnlich plumpen Rohrs zurückführen ließ. Es herrschte ein Krieg, der zwischen der Tante und ihrer Schwiegermutter grimmig verbissen geführt wurde und in dem der Onkel, halb resigniert, halb aktiv die Partei seiner Frau ergriffen hatte. Die alte Dame bewohnte die beiden größten und prächtigsten Räume des Erdgeschosses, obwohl ihr Sohn der Eigentümer des Hauses war und sie nur ein von ihrem längst verstorbenen Mann gesichertes Wohnrecht hatte. Die Tante brachte den Konflikt in ihrer etwas harschen Art auf den Punkt: „Die Alte überlebt den Ludwig und mich auch, und dann haben wir unser ganzes Leben unterm Dach juchhe auf die guten Stuben da unten gewartet." Die jungen Heinses verhielten sich in diesem Konflikt und auch in ihrem Verhalten gegenüber ihrer Großmutter neutral, obwohl sie kein Hehl daraus machten, dass sie auch gern ein bisschen mehr Platz im Haus gehabt hätten, zumal nach der Geburt ihres ersten Kindes.

Pitt waren die ärgerlichen Blicke der Tante nicht verborgen geblieben, mit denen sie die Konversation ihres Gasts mit der alten Frau, die ihn an die Mutter seines Vaters erinnerte, verfolgte. Doch die alte Frau Heinse war taktvoll: bemerkte sie den Unwillen ihrer Schwiegertochter, rief sie laut ihr „Was? Wie?" und steckte das Hörrohr in eine große Tasche ihrer Kittelschürze.

Purzel schien die Spannungen in der Familie gewittert zu haben. Er ignorierte die alte Frau und sie ihn. Spielten dabei die Dressurkünste des Onkels eine Rolle? Fürchtete er den Unwillen seiner Frau und atmosphärische Verdüsterungen für seinen Hund, wenn der sich mit der oft auf einer Bank im Garten sitzenden alten Frau solidarisiert hätte? Ihr gar als Gefährte in langweilenden alten Tagen gedient hätte?

3

Der Onkel wie die Tante begegneten ihrem Gast in einer wortkargen Herzlichkeit. Von ihrer Ehe, auf die schon vor ein paar Jahren der Silberglanz gefallen war, schien die Wortkargheit übrig geblieben zu sein. Natürlich empfand Pitt die innige Fürsorge, in der die beiden verbunden waren, aber er störte sich an einer gewissen Ruppigkeit, in die sie eingebettet war. Jedes Wort, jeder kurze Satz, die gewechselt wurden, mussten so lange auf eine Erwiderung warten, als müssten die Angesprochenen einen Nussknacker aus der Schürze oder dem Blaumann nehmen, um die harte Schale um den Kern der Botschaft zu knacken. Die Einsilbigkeit nervte Pitt, der eine ziemliche „Rappelsnuut", wie die Tante sagte, hatte. Er fühlte seinen Mitteilungs- und Fragedrang in schikanöser Verständnislosigkeit gebremst, jedenfalls solange er sich noch nicht klar gemacht hatte, dass die Kommunikation seiner Gasteltern kodiert war wie die Korrespondenz einer Versicherungsanstalt.

Vielleicht war der Eindruck einer gewissen freudlosen Sachlichkeit im Umgang der Gasteltern miteinander nur aus dem Kontrast zur Turtelseligkeit entstanden, in der das junge Paar schwebte, in der keiner einen Schritt vom anderen weg tat, der nicht von einem liebevollen Abschiedsblick verfolgt wurde, und über dem Korb, in dem das Neugeborene – ein Mädchen – strampelte, herrschte ein unaufhörliches zärtliches Gedalbere.

Ja, das so emotionsfrei scheinende Zusammenleben der älteren Heinses irritierte Pitt. Er hatte kein Vorbild für ein in Harmonie und Lebendigkeit strahlendes Eheleben, denn er lebte in einer unvollständigen Familie. Auch im Kreis der Verwandtschaft und bei Schulkameraden, die er in der Enge der Wohnverhältnisse selten in ihrer Häuslichkeit erleben konnte, gab es viele durch Krieg und Kriegsende zerstörte Ehen oder triste Zweck- und Ersatzpartnerschaften, die nicht sehr inspirierend auf ihre Mitwelt wirkten. Irgendwie, meinte Pitt, müsse ein eheliches Zusammenleben etwas impulsiver in Zärtlichkeit und Zorn sein, müssten Neigung und Nötigung sich etwas direkter ausdrücken als in Botschaften, die gleichsam mit Voranmeldung kommen.

Vielleicht, dachte er, sei die nicht selten aufbrechende Atemnot des Onkels schuld daran, dass er mit dem Lebensstrom, der das Sprechen ist, sehr sparsam umgehen muss, und vielleicht habe sich die Tante schonungsvoll auf diese Schwäche eingestellt. Ja, der Tante war ein urwüchsiges, deftiges Temperament eigen, so konnte sie herrlich schimpfen und mit anderen streiten, und auch ihre erzieherischen Reden, die sie Pitt halten musste, konnten mit Grobheiten gespickt sein unter der Überschrift „Du Dölmer, du". Vielleicht war ja die Wortkargheit – heute spricht Pitt von Wortinnigkeit –, in der sie ihrem Mann begegnete, ein äußerstes Maß an Rücksichtnahme gegenüber einem wie immer behinderten Mann.

Das Thema Geld hat natürlich eine verengende Wirkung auf jedes Zusammenleben, und über Geld redeten die beiden oft. Da musste immer etwas bezahlt, da musste immer etwas eingenommen werden, da gab es immer Termine, an denen bestimmte Zahlungen fällig wurden. Wie erschrocken war Pitt, als die doch so gutherzige Tante ihn anschrie, nachdem er eine Glühbirne, die in einem drahtumwickelten Schirm einen Treppenverschlag ausleuchtete, unachtsam zertreten hatte. Dabei hatte er ihr doch geholfen, mit dem Handwagen ein paar Zentner Briketts von einer entlegenen Kohlenhandlung ins Haus zu transportieren und im Verschlag zu stapeln. "Da habe ich mich zwei Stunden lang mit dem Wagen abgequält und du zerschlägst in einer Sekunde, was ich doch sparen wollte." Wie hoch war die Ersparnis gewesen – eine Mark, zwei?

Es ist diese Szene, die Pitt Jahrzehnte später einfiel, als er las, welche Antwort Thomas Mann, einer seiner Lesefavoriten, in dem durch Marcel Proust berühmt gewordenen Fragebogen auf die Frage gegeben hatte: „Welches ist für Sie das größte Unglück?" Natürlich, klar, „Mittellosigkeit", hatte er geantwortet – und das gilt nicht nur für Menschen, die ihr Leben in üppigem Komfort verbringen.

Heutzutage herrscht in Partnerbeziehungen ein geradezu romantisch zu nennender, öffentlich gezeigter Überschwang empathischer Gefühle: hat etwa der zehnjährige Pitt in einer nüchternen Zeit ihren Mangel schon empfunden und kritisch beobachtet? Natürlich nicht. Doch er erinnert sich an seine Gefühle der Befremdung, wenn er die Tante und den Onkel sachlich – heute würde er sagen: völlig unsentimental – über fundamentale Tatsachen ihres

Lebens sprechen hörte. Jedermann wusste natürlich von dem prekären Gesundheitszustand des Onkels, aber musste die Tante dann so offen, in Pitts und des Onkels Gegenwart, über sein erwartbares Ableben sprechen? Wenn die beiden am Küchentisch – er stand in einer schlicht eingerichteten Küche über dem Anbau, in dem die Schweine hörbar grunzten und schnobten – ihren Hausarbeiten nachgingen, einer Näharbeit in der Hand der Tante, einer Rechenarbeit des Onkels – sagte die Tante wohl: „Wenn Onkel Ludwig nicht mehr ist, werde ich mir oben neben der Stube eine Wohnküche einrichten." Offenbar ging sie davon aus, dass ihre uralte Schwiegermutter in ihren Paradezimmern im Erdgeschoss unsterblich war. Oder über das blankgewetzte Sofa, auf dem Pitt schlief, sagte sie – – über das blankgewetzte Sofa, auf dem Pitt schlief, sagte sie: „Es hat keinen Zweck, das Sofa neu zu polstern, solange Onkel Ludwig so spuckt." Gewiss wollte sie seine Unzulänglichkeit gegenüber dem kleinen Gast rechtfertigen, aber der empfand das doch als grell ungeniert.

Auch im großen Garten werkelten beide sprachlos vor sich hin, arbeiteten sie nun zusammen an einer gemeinsamen gärtnerischen Aufgabe oder auf getrennten Feldern, die ja immer noch in Hörweite lagen. Pitt ging dann von einem zum andern, um ein kleines Gespräch zu beginnen, ja zu erbitten, doch er hatte immer das Gefühl, ein aufdringlicher Störenfried zu sein. Oft ließ er sich überschaubare Aufgaben im Garten zuweisen, die er rasch erledigte, und er konnte dann guten Gewissens zurückkehren in den Liegestuhl unter den Apfelbäumen oder in das Gartenhaus, um zu lesen – er hatte auf dem Dachboden des Limmerschen Hauses eine Truhe gefunden, in der

Vetter Horst seine Kinder- und Jugendbücher geborgen hatte, darunter eine Reihe der Geschichten von Jack London, auf deren Inspiration im Alltagsgeschäft der Versicherungswirtschaft er wohl nicht mehr vertraute. Ein Buch war dabei, das der Sohn seinem Vater mit einer Geburtstagswidmung geschenkt hatte: „Michael, der Bruder Jerrys."

4
Zum zweiten oder dritten Mal verbrachte Pitt seine Ferien im großen Garten, als er begann, Fragen zu den Ursachen der finanziellen Bedrückung zu stellen, die das so helle Haus in Limmer zu verdüstern schien. Die Ferien hatten früher begonnen, schon in der letzten Juniwoche war er in die Straßenbahnlinien 5 und 1 gestiegen. In diesen Tagen war die Wortkargheit der Eheleute Heinse einem häufigen Getuschel gewichen, in das auch der Sohn Horst einbezogen war. Das Wort „Rente" hörte Pitt mehrere Male, ein ihm vertrautes Wort, ein erlösendes Wort, denn es signalisierte ihm das Ende der Ebbe in der mütterlichen Kasse, die ihn oft in die Ödnis der Wüstenwanderung zum Kaufmann Lohse getrieben hatte, der ein gnädiger Gläubiger war und schon einmal das Anschreiben der kleinen Lebensmittelkäufe erlaubte, – um das meistens Pitt ersuchen musste, weil seine Mutter, ohnehin nervlich erschöpft durch die Plagen ihres Witwendaseins, die „Bettelei" scheute, nein, verabscheute.

Im Hause Heinse begann er zu ahnen, das Wort „Rente" müsste eine doppelte Bedeutung haben. Es gibt Renten, die empfangen werden – wie die mütterliche aus der staatlichen Versorgungskasse und der Rentenanstalt –, und es gibt Renten, die gezahlt werden müssen. Gezahlt werden müssen an fünf „Blutsauger", wie die Tante die geheimnisvollen Empfänger dieser Rente nannte. Dieses hässliche Wort war Pitts Rechtfertigung, seine Gasteltern mit neugierigen Fragen nach dem Charakter der Rentenempfänger zu belästigen. Vom Onkel Ludwig wurden sie unwirsch zurückgewiesen, von Tante Wilma nach anfänglichen Ausflüchten aus einem wachsenden Quellfluss der Mitteilsamkeit beantwortet. Und wenn Pitt die Informationen nicht genügten, fand er bei seiner hübschen klugen und gesprächigen Kusine, Horsts Frau, Erklärungen, die ihn über die zwei Seiten der Rente belehren konnten. Sie hätte es verdient, dass Pitt ihr in seinen Erzählungen einen wohlklingenden Namen gegeben hätte, doch es ist ein Ausdruck der Zuneigung, sie stets nur die „kluge Kusine" zu nennen.

Die Rente, die der Invalide Ludwig Heinse empfing, war zu niedrig, und die „Rente", die er im Sommer dieses Jahres an einen Bruder zahlen musste, war zu hoch. Das war die Quintessenz des Dilemmas, in dem Onkel Ludwig steckte, und die Tante dazu. Fünfmal seit dem Tod des Vaters musste der Sohn Ludwig an fünf Geschwister einen Ausgleich dafür zahlen, dass er das Haus allein geerbt hatte.

Ludwig Heinse hatte sich mit Haut und Haaren und lebenslänglich dem Projekt des Hausbaus in Limmer, das er gemeinsam mit seinem Vater betrieben hatte, verschrieben. Die beiden Männer hatten in den letzten Jahren der 1920er Jahre, den Jahren einer bescheidenen wirtschaftlichen Blütezeit nach Jahren der Inflation und des wirtschaftlichen Chaos, beide in gesichert gewähnten beruflichen Stellungen mit zwar niedrigen, doch erwartbar konstanten Einkommen, den Bau einer Doppelhaushälfte gewagt. Der Kapitalanteil Ludwigs und seiner jungen Familie hatte vor allem in handwerklichen Eigenleistungen gelegen, einer „Schufterei monatelang, Tag und Nacht", wie die Tante sagte. Zwei jüngere Geschwister hatten auch in diesem Haus gelebt.

Das Gefühl des Glücks, ein großes Ziel erreicht zu haben, das Gefühl des Stolzes, Hausbesitz erworben zu haben, wurde bald getrübt. Beide, Vater und Sohn, durchlebten Zeiten der Lohnkürzung und der Arbeitslosigkeit, die jüngeren Hausgenossen konnten nur Weniges zu den Tilgungen der Schulden beitragen, doch der auf Biegen und Brechen geführte Kampf um den Erhalt des mühsam errungenen Hauses konnte auch in schwieriger Zeit in der familiärer Solidarität gewonnen werden.

Offenbar hatte sich der Onkel seine Vermögensrechte an dem Elternhaus, dessen maßgeblicher Miteigentümer er sein musste, nicht ausreichend sichern lassen. Das Testament, das sein Vater nach seinem Tod unmittelbar nach dem Krieg hinterließ, war für ihn eine Katastrophe. Der Vater hatte seiner Frau ein lebenslängliches Wohnrecht in exakt bezeichneten Räumen, nämlich den Paradezimmern des Hauses, und den anderen fünf Kindern eine vom jetzigen alleinigen Hauseigentümer zu bewirkende nicht übermäßig hohe, doch umständehalber drückende Ausgleichszahlung hinterlassen.

„Warum haben wir das verfluchte Haus nicht in den Wind geschossen?" So ähnlich hörte es Pitt manchmal von der Tante, die das Haus nicht liebte. „Eine Zwei-Zimmer-Wohnung in Linden und unser schöner großer Garten oder ein Schrebergarten an der Fösse, und wir wären glückliche Leute!"

Heute weiß Pitt – und er hat das bei vielen erlebt –, dass das Limmersche Haus für den Onkel ein mythisches Projekt war. Mit allen Fasern seines Körpers und seines Herzens hat er sich zäh und ausdauernd an ihm festgekrallt. Der Untergang des Traums, den er gemeinsam mit seinem Vater geträumt hatte, wäre sein Untergang gewesen. Er hat es sogar ertragen, dass sein Traum von seiner geliebten Frau als Albtraum empfunden wurde. Er wusste ja von der Abneigung seiner Frau gegen das Haus, das so viel Lebenskraft verzehrte. Oft genug hörte Pitt, wenn er es nicht hören sollte: „Jetzt haben wir wieder die letzten Groschen zusammengekratzt, und wofür?" Das war für Pitt auch der Biss eines schlimmen schlechten Gewissens: trug er durch seine Gastrolle nicht dazu bei, die Geldnot zu vergrößern? Und mit doppeltem Eifer half er seinen Gasteltern, die Körbe der Kirschen, Beeren und Äpfel, Kartoffeln und Karotten zu den Kunden in der Umgebung zu tragen, einer treuen Stammkundschaft, die sich der große Garten im Laufe der Jahre erworben und als bescheidene Einnahmequelle erschlossen hatte.

Von den Geschwistern des Onkels hat Pitt nur eine sympathische fröhliche Frau kennengelernt, die häufiger ihre Mutter besuchte. Sie führte eine Konditorei, in der auch Pitt schon einen Eisbecher verputzt hatte, und nicht nur die schweren Ringe an fast allen ihren Fingern brachten ihn auf die Idee, ob sie nicht durch einen Verzicht auf ihr Erbteil den geplagten Bruder entlasten könnte. Auch das wusste die kluge Kusine: sie hatte es getan, und Bruder Ludwig hatte das Geschenk abgelehnt. Fühlte er sich dem Testament seines Vaters so verpflichtet wie manche Theologen dem ihres Herrn?

Das junge Paar Heinse zahlte eine Miete für ihre beiden Räume, die Pitt als niedrig empfand: er kannte ja das Mietbuch seiner Mutter, in der ein penibler Hauswirt allmonatlich mit seiner mächtigen Unterschrift den Empfang des „Mietzinses" quittierte. Hätten die beiden ihrem Hauswirt nicht durch eine höhere Miete helfen können, seine Verpflichtungen gegenüber den Miterben zu erfüllen? Das war zu allen Zeiten so: eine junge Familie braucht viel Geld und ohne eine gewisse Unterstützung durch Eltern oder Großeltern sieht es um das junge Glück oft zappenduster aus.

Ludwig Heinse war ein Gefangener seines Hauses, und seine Frau hatte er mit eingesperrt. Hatte er vielleicht die Vorstellung, ein Heim für die Familie über Generationen hinweg zu schaffen, eine feste Burg in den Fährnissen des Lebens, so wie sein Vater sich gewaltig ins Zeug gelegt hatte, um seiner Familie ein Heim zu schaffen? Die Familie seines Sohns hat in späteren Jahren ein Haus bewohnen können, das sie mit Hilfe der ersparten Miete ständig modernisieren und verschönern konnte – einen kleinen Palast, von dem Großvater und Vater nur träumen konnten.

Als Pitt nach der Trauerfeier für die kluge Kusine, die ihren Mann überlebt hatte, von ihren beiden Töchtern erfuhr, dass sie, selber Eigentümerinnen stattlicher Häuser und Ferienwohnungen, die sie ihren Kindern vermachen würden, das Elternhaus verkaufen würden, hat er gedacht: wie gewonnen so zerronnen. Wozu die Plackerei? Er selbst hat immer eine Scheu gehabt, ein Haus zu bauen. Haben die kindlichen Erfahrungen dabei eine Rolle gespielt? Erst an der Schwelle des Alters hat er sich mit seiner Frau auf den Bau eines Hauses eingelassen, –

es ist für einen Mann nie gut, hatte er gedacht, seine Frau zu überreden, ein Haus zu bauen. Die Frauen tragen die häusliche Last.

5

Allerdings gab es im Limmerschen Haus Einwohner, die in einer noch so großen Mietwohnung keinen Platz gefunden hätten. Pitt denkt nicht an die beiden Schweine, die der Onkel in den ersten Ferienjahren mästete, nicht an die Hühner, die ihre Heimat im großen Garten hatten, sondern an die Kaninchen, die in einem hohen, durch ein Regendach aus Holz und Teerpappe geschützten Käfiggebirge an der Hauswand lebten. Gewiss wäre es möglich gewesen, auch sie im großen Garten anzusiedeln, aber der Onkel wollte, nein musste sie in seiner Nähe haben, in der Obhut des fürsorglichen und ewig besorgten Züchters, der keinen Schritt durch den Hof tat, ohne nicht in einzelne Ställe zu spähen.

Wieviel Kaninchen es waren? Unermesslich viele verglichen mit dem einzigen, für das Pitt und seine Brüder ein Jahr lang an Straßengräben Heu gemacht, Löwenzahn in Massen gestochen, Möhren geschnorrt und die Mutter beschworen hatten, die Kartoffeln zu schälen und nicht als Pellkartoffeln zu garen. Als der Student Pitt in der Vorlesung zur volkswirtschaftlichen Dogmengeschichte die altertümlichen Thesen von Malthus kennenlernte, nach denen sich die Bevölkerung extrem rascher vermehre als die Nahrungsquellen, musste er an die Limmerschen Kaninchen denken: die hätten sich mit dem Bodenreservoir der beiden Gärten des Onkels ins schier Unendliche vermehren können.

Im Kaninchenzüchterverband – war er ein Ortsverein, war er eine übergeordnete Organisation? – bekleidete der Onkel ein Ehrenamt mit einem eindrucksvollen Titel: er war Sektionsleiter für die Wiener, die Blauen und die Weißen. Weiß dominierte. Dennoch verbindet Pitt die poetischen Namen der Zuchtstallhasen mit den Klängen des Donauwalzers. Aber nicht nur Wiener mit ihrem zarten, so schmiegsamen Fell bevölkerten die Ställe. Wenn der Onkel von seinem Riesenrammler sprach, dachte der pubertierende Zuhörer schon mal an eine außerordentliche Leistungsfähigkeit im Fortpflanzungsgeschäft der Kaninchen, aber nein: die Riesen waren eine eigene Rasse und Rammler sind die männlichen Tiere. Faszinierend die rotäugigen Angorakaninchen mit ihrem zart sprühenden Fell und den wollig-wolkigen Arabesken an den Ohren. Sie hoppelten auf Holzrosten, damit sich das Stroh nicht in ihrem wertvollen Haar verhedderte. Oh, wie sahen sie kläglich aus, wenn sie sich den mächtigen Oberschenkeln der Tante entwunden hatten, nachdem sie geschoren worden waren.

Die Zuchtschau auf einem Gelände am Lindener Stichkanal war ein Höhepunkt des Sommers, nicht nur für die Züchter, denen es um die Prämien und die Börse zu tun war, sondern auch für die Familien und die Kinder. Sie waren zu entschädigen für viele Stunden entsagungsvollen Dienstes am Hobby der Männer und Väter, als Futterbeschaffer, als Stallknechte, die manche Entbehrung auf sich nehmen mussten, denn niemand wurde reich durch die Zucht: Liebe muss Opfer bringen! Und wenn Pitt die Tante fragte, ob der Onkel durch seine Verkäufe Geld verdiene, antwortete sie: „Manchmal, aber das ist nur ein Kötel". Vielleicht war ein bisschen Eifersucht, ein bisschen Kritik an der Leidenschaft ihres Mannes im Spiel bei dieser Bewertung, denn sie hatte durchaus, das hatte sie Pitt gesagt, manche Mark für ihre Angorawolle eingenommen. Aber das Fest am Lindener Kanal war schön! – mit Sackhüpfen und Eierlauf, Leckereien an den Büdchen, köstlichen Limonaden und Tanz von Jung und Alt auf knarrendem Bretterboden.

Als der Onkel als Schlachter des Kaninchens, das ganz allein in seinem Holzkäfig hockte, nach Kirchrode gekommen war, durfte nur der älteste Bruder der Schlachtung beiwohnen, weil sie den Kleineren das Herz gebrochen hätte. Der Bruder sollte das kundige Schlachten lernen, aber es muss ihn verstört oder gar abgestoßen haben, denn ein neues Kaninchen kam nicht mehr in den Käfig, der in der Waschküche des Mehrparteienhauses ohnehin viel Nörgelei auf sich gezogen hatte.

Pitt hat jedoch – er war bald vierzehn und in Kirchrode Vorsitzender der von ihm gegründeten Ortsgruppe des Tierschutzvereins „Der Pelikan von Lambarene", dessen Schirmherr, wie der Name sagt, Albert Schweitzer war – darauf bestanden, eine Schlachtung mitzuerleben, denn er wollte wissen, wollte am konkreten Fall überprüfen, was in der Satzung seines Vereins nur abstrakt formuliert war: dass dem Tier bei seiner Tötung kein Schmerz zugefügt werden dürfe. Er wollte das in aller Sachlichkeit beurteilen können, ohne einen Hauch der sentimentalen Trauer, die den ökonomischen Tod von Haustieren begleitet.

Da wurde der Onkel gesprächig! „Es kommt auf die Geschwindigkeit an, mit der du dem Karnickel auf den Kopf schlägst, nicht auf die Kraft. Es muss sofort, absolut sofort, betäubt sein. Manche schlagen ins Genick, das ist falsch, wenn es nicht bricht, hat das Tier den Schmerz."

Pitt hatte gehört, dass bei fortschrittlichem Schlachtprocedere ein Bolzenschussgerät zum Einsatz komme, wie bei den Schweinen. „Nein, nein, wer weiß denn schon, wo es angesetzt werden muss. Nein, ein Schlag auf den Kopf, schnell und präzise." Den Kopf mit dem Beil vom Rumpf zu trennen, wie es der Onkel mit den Hühnern auf dem Hackklotz im großen Garten tat, nachdem er sie armlang um sich gewirbelt hatte, komme bei Kaninchen nicht in Frage: „Du kannst das Karnickel nicht strecken". Der Knüppel, mit dem der Onkel zuschlug, war ebenmäßig rund und glatt, wie der Handgriff einer Heckenschere.

Das Erschütternde waren nur die großen dunklen Augen, die nach dem Abbalgen aus dem Kopfskelett herausragten. Das war der einzige Moment, dass Pitt, der wissbegierige, die Augen schloss: als der Schlachter sie mit dem Messer aus dem Gesicht schnitt. Vor dem Kehlschnitt und dem Ausbluten wurde das Tier mit gespreizten Hinterläufen an Haken gehängt. Es dauerte lange, bis das scharfe Messer die Schnitte an den Gelenken gesetzt hatte, um das Fell von den Sehnen zu lösen. Danach – Pitt hatte es abgelehnt zuzugreifen – ließ sich das Fell abziehen wie ein zu eng gestrickter Pullover, ehe es wieder an den Vorderläufen und am Kopf in umständlicher Pulerei vom Leib getrennt werden musste. Der nackte Leib pendelte mit geblähtem Bauch an den Haken, und dann ging's schnell: der Chirurg ließ – nach komplizierten Schnitten am Genital des Rammlers – die Eingeweide herausquellen, trennte sie mit geübtem Schnitten und ließ zuletzt die Darmmasse in den Bottich auf dem Hof fallen – „die Galle, die Galle, das ist eine Giftblase, da musst du aufpassen" – und griff dann tief in den Brustkorb, um Herz und Lungen zu fassen. Pitt hatte nicht die Absicht, bei seinem Onkel in die Schlachterlehre zu gehen: ihm war die Galle egal. Er überwand seinen kleinen Ekel und nahm das Herz in die Hand. Hatte es ihm nicht einmal entgegengelacht, wenn er dem Kaninchen die Möhre unter die Schnuppernase geschoben hatte?

Ein Hund, zumal ein Foxterrier, also ein auf die Jagd dressierter Erdhund, ist als Hütehund eines Karnickelschäfers eigentlich nicht vorstellbar. Der Onkel schwor, sein Purzel werde sich niemals an einem Kaninchen vergreifen, aber – den Gedanken führte der Onkel nicht aus. Pitt hatte erlebt, dass Purzel im großen Garten mit einem Wildkaninchen, seinen Rückenbalg fest verklammert in seiner Schnauze, erschienen war, das offenbar in den Feldern jenseits des Gartens verendet war. „Warum hat Purzel das Kaninchen nicht gefressen?" hatte er gefragt. Wer gut gefüttert werde, verliere seine wilden Instinkte, und jeder gute saubere Bissen sei für einen Hund nun einmal eine nachhaltige Belohnung für die Mühen der Dressur. „Lass ihn drei Tage hungern, und er frisst uns ratzfatz den Hühnerhof leer". Wenn Purzel durch die Gemarkung jagte und nur widerwillig auf das „Purzel, hierher!" hörte, sagte der Onkel: das Stöbern nach dem Wild könne man einem Jagdhund nicht abgewöhnen.

Pitt zweifelte, ob Purzel sich des Unterschieds zwischen dem Stöbern und dem Beutejagen immer bewusst sei. Jedenfalls in dieser Schreckminute, als ein Kaninchen aus dem zweiten Stockwerk des Stallregals in den Hof gesprungen war, weil er einen Moment unaufmerksam gewesen war, und wie ein weißer Kugelblitz unter der Stallwand verschwunden war. Ehe er das Tor, das Hof und Garten trennte, geöffnet hatte, war das Kaninchen am

Ende des Gartens in einem Dickicht aus Brombeersträuchern verschwunden. „Purzel hierher!" – Pitts Stimme muss zittrig geklungen haben, denn der Hund gehorchte ihm nicht. Gleich würde er mit dem toten Preisträger, den Fang unlösbar in seinem Genick, erscheinen. Eine nicht ausdenkbare Katastrophe. Als Pitt das widerständige stachelige Gestrüpp mit seinen bloßen Armen zerteilt hatte, bot sich ihm das Bild einer Idylle. Im Winkel des Gartenzauns hockte das Kaninchen und einen Schritt vor ihm tänzelte Purzel hin und her im Rhythmus der zaghaften Fluchtbewegungen des gestellten Tiers, das sich widerstandslos, vielleicht vor Furcht gelähmt, von Pitt am Genick auf den Arm ziehen ließ.

Das Futter! Es war eine heilig-rituelle Handlung, wenn Ludwig Heinse seinem Hund das Futter schnitt, am Küchentisch daheim und im Gartenhaus, und eine sterngekrönte Köchin hätte das Hundemahl nicht sorgfältiger zubereiten können. Beim gemeinsamen Mahl lag die harte Mettwurst wie ein Apfelspältchen an der Spitze des scharfen Messers, das Purzel lange nachdenklich betrachtete, ehe er die Köstlichkeit in seiner Schnauze auffing, ohne die Schneide zu berühren. Pitt, der sich an das strubbelige, immer verfilzte Fell seines Fiffis erinnern konnte, sah und befühlte bewundernd das straffe, seidig schimmernde, schmiegsame Fell Purzels, die präzise gezeichneten Linien zwischen Schwarz und Weiß auf dem Gesicht und am Körper, die Flecken, die als glänzend schwarzlackierte Platten auf dem Körper lagen, das Muskelspiel im Brustkorb und in den in den Boden gegrabenen Vorderläufen, und er hatte keinen Zweifel – und wurde vom Onkel in seiner Meinung bestärkt –, dass die prächtige Erscheinung des Hundes allein auf das Futter, seine Ausgewogenheit und seine besondere Qualität, zurückzuführen war. Eine kostspielige, wie die Tante manchmal seufzte. Oder auch meckerte.

Das Gemüse der Saison und die Kartoffeln wurden in Würfel geschnitten, manchmal wurden sie in Reis gebettet, immer aber prangten größere Fleischstücke auf dem Teller, aus frischem Fleisch geschnitten, oder aus Konserven, die bei der Schlachtung der Schweine speziell für Purzels Nahrungsbedarf hergestellt worden waren. Billige Fleischabfälle bei den Schlachtern ergattern zu wollen, war vergebliche Liebesmüh, denn noch war die allgemeine Ernährungslage nicht so üppig, dass Unverkäufliches nicht zu wertvoller Wurst verarbeitet wurde.

Als sich bei den jungen Heinses die Geburt des zweiten Kindes ankündigte, wurde Purzels Futterlage prekär. Da die ohnehin taube Großmutter harthörig gegenüber dem Ansinnen blieb, ein Zimmer ihrer Suite oder wenigstens die Küche aufzugeben, musste erwogen werden, den Stall im Anbau in ein Kinderzimmer zu verwandeln – was bautechnisch ohne großen Aufwand möglich zu sein schien. Purzels essentielle Futterquelle drohte zu versiegen.

Der Stall wäre ohnehin bald der fortschreitenden Modernisierung des nach dem Krieg zerrütteten Landes zum Opfer gefallen. Die Tante hatte häufig schon die Plackerei des Schweinemästens und -schlachtens kritisiert. Der Onkel hatte nur matte Einwände gegen die Umbaupläne vorgebracht, denn er und alle wussten, dass Purzels Fleischtöpfe der glücklichen Zukunft der Kinder nicht im Wege stehen durften. Wenn aber der Onkel den hohen Ernährungsstand seines Hundes aufrechterhalten wollte, musste er tiefer in die leeren Taschen greifen. Der geringe

Mehrertrag durch die Steigerung der Miete würde den gesteigerten Aufwand für gutes Fleisch nicht ausgleichen. Die Tante wusste zwar eine Menge Alternativen für Purzels Futternapf, aber das vertiefte nur die Furchen im Gesicht ihres Mannes.

6

Nicht nur im großen Garten des Onkels war Pitt ein Naturfreund. Südlich des Großen Gartens in Herrenhausen, in der Nähe der Wasserkunst, die das Wasser der Leine und der den Garten umgebenden Graft verbindet, hatten die Naturfreunde ihre „Wiese", einen parkähnlichen Garten mit einem Klubhaus, und wenn der Onkel und die Tante, die seit ihrer Jugend engagierte Naturfreunde waren, ihren Gast einluden, sie zu begleiten, war er mit Begeisterung an ihrer Seite.

Üppige Kuchen backten die Frauen – sollte man sie Naturfreundinnen nennen? –, bunt schaukelten die Lampions zwischen den Bäumen, stimmungsvolle Lieder wurden in den Sommerabend gesungen, lebhafte Gespräche flogen über die Tische. Onkel Ludwig fand es bemerkenswert, im Gründungsjahr der Naturfreunde, 1895, geboren zu sein. Und wenn er einmal, nach dem zweiten, dritten Glas Bowle, sehr gesprächig war, legte er Pitts schmale in seine breit ausgearbeitete knorrige Hand, schüttelte die Hände und rief: das ist das Zeichen unserer Gemeinschaft. Hatte er vielleicht „sozialistische Gemeinschaft" gesagt? (Viele, viele Jahre später, als Pitt Mitarbeiter der Konsumgenossenschaften war und einmal einen Artikel über den österreichischen Genossenschafter, Staatskanzler und Bundespräsidenten Karl Renner schreiben wollte, stellte er fest, dass der es war, der den Naturfreunden das schöne Händedrucksymbol unter den drei Rosen entworfen hatte).

Nein, vom Sozialismus hatte er sicher nicht gesprochen. Er war ein politischer Kopf, ganz gewiss, aber er machte kein Gewese darum, so wenig, wie er es um seine freidenkerischen Überzeugungen tat, die sich Pitt erst bei seiner Urnenbeisetzung in den Worten des Trauerredners gezeigt hatten. Die Tante Wilma war schon gar keine Sozialistin. Vielleicht war sie, die so resolut und breitbeinig stabil auf dem Boden ihres kargen Lebens stand, auch keine Naturfreundin: sie liebte die Geselligkeit auf der Wiese, den Ausbruch aus der Wortkargheit und einsilbigen Brummeligkeit ihres Heims mit den Spannungen zur Schwiegermutter und zur Schwiegertochter, die herzlich überschwängliche Anerkennung, die sie für ihr hausfrauliches Ehrenamt und ihre geselligen Talente in der menschlichen Gemeinschaft fand, in der die Männer mit ihren politischen Schwadronierereien an einen schmalen Rand gedrängt wurden.

Häufig fuhr sie zur Wiese ohne ihren Mann, und sie schwang sich strahlend und keck unternehmungslustig in den Sattel ihres Fahrrads, winkte noch in der Biegung der Straße zurück, als wollte sie allen und ihrem Mann sagen: herrlich, dass ich allein fahren kann. Pitt war gar nicht mehr verwundert darüber, dass sie auch Purzel nicht neben ihrem Fahrrad einher traben ließ. Wenn der Onkel an einem solchen Tag nachmittags bei seinem Karnickelverband zu tun hatte, wurde Pitt strikt verdonnert, dafür zu sorgen, dass sich Purzel – „der Hund", sagte sie – nicht auf die Suche nach beiden Abwesenden machte.

Hatte sich Purzel einmal an Vorräten in der Pantry des Klubhauses zu schaffen gemacht? Hatte er sich mit dem Dackel des Vorsitzenden angelegt? Oder nach einem Bad im nahen Ernst-August-Kanal sein Kurzhaarfell allzu ostentativ in der Nähe des Kaffeetisches ausgeschüttelt? In den Augen seiner Herrin war er auf der Wiese nicht sehr willkommen, geduldet höchstens, wenn er als Begleitung seines Herrn nicht verbannt werden konnte. War Pitt Gast auf der Wiese, nahm er Purzel oft an die Leine zu einer Erkundung der Gegend, denn er hatte den Eindruck gewonnen, dass er sich in der Gemeinschaft, die ihre Liebe zur Natur auch auf die Tierwelt übertragen hatte, etwas gelangweilt fühlte.

Die Naturfreunde waren – „selbstverständlich!" sagte der Onkel – in der Nazizeit verboten gewesen. Sogar heftige berufliche Nachteile waren dem Onkel aus seinem jedermann bekannten Engagement für die sozialistisch denkende – und in vielen Personen auch so handelnde – Gemeinschaft erwachsen. Vetter Horst hatte dem dreizehnjährigen Pitt einmal ein Foto gezeigt, das ihn und seinen fast gleichaltrigen Onkel Ernst als Halbwüchsige in einer unverkennbaren Nazi-Uniform rechts und links neben einem erwachsenen Onkel in einer ähnlichen Uniform, der Pitts Vater war, zeigte. Die beiden Jungen waren Lehrlinge gewesen, und ihre Uniform war nicht die der Hitlerjugend, sondern die der nationalsozialistischen Arbeitsfront gewesen, der Pitts Vater als Mitglied des Vertrauensrates seines Betriebs – so hießen die folgsamen Pseudo-Betriebsräte bei den Nazis – angehörte. Das Foto sei „ein Jux" gewesen.

War Onkel Ludwig mit dem Jux seines Vaters einverstanden gewesen? Er hatte abgewinkt, als Pitt ihn nach dem Jux gefragt hatte. „Der Horst ist immer gern bei deinem Vater gewesen", sagte er, „nun gut, du bist ja auch wohl gern bei mir. Nicht?" Mochte er gedacht haben: was soll's, die Nazis sind weg, der Schwager ist tot, und wenn er mir tatsächlich meinen einzigen Sohn ideologisch hätte abspenstig machen wollen, nun gut, dann tue ich das gleiche mit seinem Sohn. Der Vetter Horst ist später nicht Naturfreund gewesen, aber auch ein Freidenker wie sein Vater. Pitt ist nicht Naturfreund geworden, auch kein Freidenker, aber doch das, was der Onkel mit einem Augenzwinkern einen „Sozi" nannte, und Mitglied einer Gewerkschaft, die nicht folgsam war.

Worüber die Eheleute Heinse ebenfalls stritten – aber das wusste Pitt nur vom Hörensagen –, war im Frühjahr und im Herbst der Schlafplatz Purzels, die „Stockwerksfrage", wie die kluge Kusine sagte. Der Korb stand im Sommer unten im Stall, in der etwas ungemütlichen Nachbarschaft der beiden Schweine, und in der kalten Jahreszeit in einer Ecke der Küche, die über dem Stall lag. Dass der Hund rieche, wie die Tante behauptete, hat Pitt nie empfunden, und der Onkel hatte gemeint, allein der als Unterkunft eines Hundes ungeeignete Stall könne schuld daran sein, wenn er stänke. Ob die Eheleute sich von Jahr zu Jahr auf ein Datum für den Wohnungswechsel des Hundes geeinigt hatten, weiß Pitt nicht. Aber er hatte bei einem Geburtstagsbesuch gesehen, dass Purzel im Winter seine Schlafstatt in der Küche hatte, und hatte vorwitzig gesagt, dies sei der Platz, der Purzel gebühre, nicht der Stall. Sein Hund Fiffi musste das ganze Jahr über wegen der Wohnungsenge in seiner kleinen Hundehütte im Geräteschuppen schlafen, und der sorgenvolle Gedanke daran hatte die Brüder in den Winternächten, in denen der Atem an den Bettdecken gefror und krustige Eisblumen an den Fensterscheiben hochwuchsen, manchmal schlaflos gelassen.

Im Sommer wechseln die Terrier nicht ihr Fell. Das glatte erneuert sich kontinuierlicher und unauffälliger als das der Drahthaarterrier, bei denen die Haare, wie Pitt es bei Freunden beobachtet hatte, herausgekämmt oder mit Bürsten oder zwischen Fingerspitzen herausgezupft werden. Trotzdem, sagte die kluge Kusine, erhebe die Tante in jedem Frühling, in jedem späten Herbst das Klagelied von den herumfusselnden Hundehaaren, die sich hartnäckig an die Polster hefteten, und immer wieder müsse der Onkel zerknirscht eingestehen, Purzel beim so seltenen Mittagsschlaf das Fußende des Sofas eingeräumt oder ihm erlaubt zu haben, auf dem Teppich in der Stube mit seinem Knochen zu spielen.

War der Haarausfall des Hundes der Tante an sich ein Graus, so war er ihr in ihrer Rolle als Großmutter unerträglich: jetzt seien Kleinkinder im Hause, und ihre feine Haut, ja die Schleimhäute in Mund, Nase und Rachen könnten durch die Hundehaare gereizt und entzündet werden. Gnadenlos wurde Purzel von seiner Herrin in den Wochen des Haarwechsels nachts in den Stall gesperrt, nachdem der Onkel ihm tagsüber in seinem großen Garten in Quarantäne genommen hatte. Ernsthaft hat die Tante vorgeschlagen, dem Hund im Hof einen Zwinger zur Wohnung zuzuweisen – so hatte es ein Naturfreund, der ein Jäger war, empfohlen.

7

Wenn der alte Mann Pitt in seinem Garten werkelt, hat er einen Begleiter, der ihn aus ein paar Schritten Entfernung unentwegt aus seinen schwarzen Knopfaugen beobachtet: er setzt sich auf den Rand des Eimers, hüpft vor dem Spaten herum, setzt sich auf einen Zweig, als wollte er Pitts Arbeit von oben begutachten, ja, wenn der seinen Kompost siebt, sitzt er auf dem Rand des Gitters, und sogar das laute Schlagen der Heckenschere stört ihn nicht, wenn er durch die krummen Äste turnt. Es ist das Anmutsbild des Rotkehlchens, das ihn umflattert. Und das erinnert ihn an Purzel, der dem Onkel bei seiner Arbeit Gesellschaft leistete.

Purzel suchte stets die Nähe seines Herrn, auch wenn er nicht hoffen konnte, auch nur eine Spur von Beachtung von ihm, dem Vielbeschäftigten, zu erlangen. Er umkreiste seinen Standort, meistens sprungbereit stehend, den Kopf anmutig in Winkeln geneigt, erhoben, gesenkt, oft wirkte er wie erstarrt, wenn da nicht das leichte Zucken in seinen Ohren gewesen wäre. Es lag eine witternde Aufmerksamkeit in der Haltung seines Kopfes, der mit den Bewegungen des Herrn synchronisiert zu sein schien. Bewachte der Hund seinen Herrn? Wollte er ihn vor den Folgen gefährlicher Bewegungen schützen? Wenn Onkel Ludwig auf langer wippender Leiter in die Kronen der Obstbäume stieg, legte Purzel die Pfoten auf die unteren Sprossen. Wollte er hinterherklettern, wollte er die Leiter stützen – was ja die Tante in ihren Todesängsten um den waghalsigen Kletterer oft genug tat. Ein Hütehund. Wollte er seinen Herrn behüten?

Wenn der Onkel im Gartenhaus übernachtet hatte – was nicht selten geschah –, brachte Pitt ihm am Vormittag mit dem Fahrrad der Tante sein Frühstücksbrot. Dann saßen Herr und Hund an dem wackeligen Holztisch vor dem Häuschen, sich zunickend, als führten sie eine stumme

Unterhaltung, die nur unterbrochen wurde durch einen kurzen Laut aus kauendem Mund, wenn der Onkel aus Brot oder harter Mettwurst ein Stückchen herausgeschnitten hatte und Purzel zuwarf.

Als Hirtenhund und Helfer des Onkels betätigte sich Purzel gegenüber den Hühnern – zu deren Jägern ihn die Natur doch eigentlich bestimmt hatte. Die Obstwiese war durch ein Gatter vom Garten getrennt, aber sie war verbunden mit dem Hühnerhof, so dass die Hühner nicht nur im Sand ihres Stalls, sondern im Gras der Wiese scharren und picken konnten. In einer zärtlichen Aggressivität trieb Purzel die Hühner, geduldig hinter störrischen oder hysterischen Ausreißern hertrabend, zurück in ihren Stall und wich nicht eher von der Pforte, ehe der Onkel sie nicht mit Kette und Schloss gesichert hatte. Hühnerdiebe waren schon mehrere Male in den Garten eingedrungen und hatten den Onkel und Purzel in gemeinsamen Nachtwachen im Gartenhaus auf die Dreisten lauern lassen, doch vergeblich.

Pitt will nicht sagen, er sei eifersüchtig gewesen auf die so ausschließliche Hingabe Purzels an die Bewachung seines Herrn. Aber gern hätte er seine Aufmerksamkeit ein wenig auf sich umgelenkt. Er musste sich außerordentlich anstrengen, um den Spielkameraden für eine Weile durch solche Nebendinge wie Ball- oder Stöckchenwurf zu fesseln oder ihn, an der Leine gefangen, zu einem Gang durch die Wiesen- und Grabenlandschaft neben dem großen Garten zu bewegen. Es war etwas riskant: aber Pitt hatte erkannt, dass er sich am längsten mit Purzel beschäftigen konnte, wenn er seine Jagdleidenschaft weckte.

Vergeblich hatte er versucht, Purzel nach den Maulwürfen jagen zu lassen. Der Erdhund interessierte sich nicht für die Hügel und die unsichtbaren Gänge unter ihm, die sich massenhaft auf Beeten und in der Wiese erhoben. Als Pitt einmal, wachsam geworden durch die glitzernde Frische eines Hügels, auf Beobachtungsposten gegangen war und tatsächlich nach beträchtlichem Warten den beweglichen, noch krümeligen Erdauswurf, aus dem ein neuer Hügel wuchs, entdeckt hatte, hatte er in enttäuschender Vergeblichkeit sein „Purzel hierher" gerufen, sein „such, such!" – er konnte den Hund nicht für den Eindringling interessieren. Wusste der Hund, dass seinen Herrn die Maulwürfe und ihr Auswurf nicht störten – weder aus ästhetischen Gründen noch aus gärtnerischer Sorge um den Wuchs des Gemüses. Oder hatte er schon zu oft vergeblich in den Gängen geschart?

Nur gegenüber seinem Konkurrenten in der Jagd auf Ratten und Mäuse – die jeden Hühnerhof attraktiv finden – erwies er sich als unnachgiebig zornig, dem Mauswiesel. Das war allerdings ein scheues, schier unsichtbares Wesen in seiner blitzhaften Flinkheit. Hatte Purzel beobachtet, dass sein schlanker Rivale mühelos in Mäuselöcher oder auch in ein Kaninchenloch auf der Wiese schlüpfen konnte, was ihm nicht möglich war? Pitt hatte herausgefunden, dass der Ruf „Wiesel, Wiesel" ihn in eine fiebrige Aufregung, die schier die Hundeleine zerriss, versetzen konnte. Der Onkel sah es nicht gern, wenn Pitt seinen Hund aufhetzte gegen ein Tier, das er als einen Schädlingsbekämpfer schätzte, die Tante jedoch stachelte ihn dazu an, denn sie wollte mit dem ihr unheimlichen Wesen, das nicht nur Gifte verspritzen konnte, sondern auch „böse" sein sollte, in ihrem Garten nichts zu tun haben.

Auf seinen Fahrten zu Kunden, denen er in Körben die Beeren und Kirschen brachte, musste der Onkel oft den Garten verlassen, und Purzel durfte ihn dabei nicht begleiten, denn oft musste der Bote fremde Gärten und Häuser, oft mit vielen Stockwerken, betreten. Wenn die Tante im Garten war, konnte Pitt den Onkel begleiten, sonst aber musste er dafür sorgen, dass Purzel nicht aus dem Garten ausbrach, um seinen Herrn zu begleiten, was ihm trotz eines immer wieder geflickten Zaunes und Brettergatters ohne weiteres möglich gewesen wäre. Zwei, drei Stunden lang saß oder lag Purzel vor dem hohen Gattertor des Gartens und wartete auf die Rückkehr seines Herrn, und Pitt musste sich schon außerordentlich starke Anreize einfallen lassen, um Purzel aus seiner Wartestellung für eine Weile herauszulocken.

Mag mancher im Haus Heinse – auch mit dem Blick auf die kleinen Kinder – seine stillen Vorbehalte gegen das Hausrecht eines Hundes gehabt haben: für Purzel kam ein Tag des Triumphs, den auch sein Herr still genoss und der ihn versöhnte mit manchem Wort nörglerischer Kritik seiner Hausgenossen am Verhalten seines Hundes. Das Mädchen, dessen Geburt Pitt erlebt hatte, war ein unternehmungslustiger Krabbler, das in seiner Fortbewegung lange Zeit so geschickt als Vierbeiner unterwegs war, dass es keinen Anreiz zu spüren schien, sich auf seine Beine zu erheben (obwohl Pitt und andere ihm oft seine stützenden Hände boten). Im Hausgarten war die Kleine über zwei Nachbargrundstücke hinweg in einen Garten gerobbt, in dem sich ein schilfbestandener Fischteich befand. An dessen Rand stand ein bellender Schutzgeist. Er hatte sich in seinem Wächteramt glänzend bewährt, Pitt jedoch nicht: denn an diesem Nachmittag war es seine Aufgabe gewesen, die Kleine und – Gott sei Dank – auch Purzel zu hüten. Purzel hatte ihn vor dem Unglück seines Lebens bewahrt.

Das war seine Wiedergutmachung für Pitts Unfall, den er im zweiten Jahr im großen Garten verursacht hatte. Pitt hatte in diesen Ferien das Radfahren auf dem Rad des Onkels gelernt, was mühselig war, denn sein linkes Bein musste unter der Stange, schräg verkrampft, das Pedal bewegen; wie ein Beifahrer ohne Beiwagen hing der kleine Radler rechts neben dem Sattel. Als er schon recht sicher im Radfahren war, hatte er Purzels Leine an das Lenkrad gebunden, an die rechte Seite, die ohnehin im Ungleichgewicht schwankte. Es bedurfte nur eines kleinen Rucks des mitreisenden Hundes, um das Rad umzureißen. Der klaffende Riss unter der Augenbraue, der das Blut übers Gesicht strömen ließ, hinterließ eine Narbe, die erst im Laufe eines Lebens unsichtbar geworden ist und den jüngeren Pitt nicht selten die Frage beantworten lassen musste, ob er Mensur gefochten habe.

8

Die Straße, an der das Haus der Heinses steht, ist eine längere Sackgasse, der Boulevard einer kleinen abgeschlossene Welt mit guten, ins Freundschaftliche spielenden Nachbarschaften. Sie war auch die Heimat der Hundefamilie, aus der Purzel stammte. Er hatte einen ehrwürdig klingenden, auf Adel deutenden Beinamen, der Pitt entfallen ist. Offenbar hatte mancher der Nachbarn des Züchters Gefallen an den schneidigen glatthaarigen Foxterriern gefunden, denn aus manchem Wurf hatte einer der Welpen seine Heimat in der Straße gefunden. Die Augen machten sich ein Vergnügen daraus, die Hunde an der mehr oder minder elegant ausgefallenen Fleckung des Fells als Individuum in der Uniform der Rasse zu erkennen.

Es war ein zufälliger, aus einem kleinen Plausch entstandener Besuch gewesen, der Onkel Ludwig in den Tagen eines größeren Wurfs in den Garten des Nachbarn geführt hatte. Er habe, sagte er Pitt, spontan den Beschluss gefasst, einen Welpen zu sich zu nehmen, und dem kugeligen Kuschelwesen auch gleich, ohne Tante Wilma zu konsultieren, den Namen Purzel gegeben. Pitt war froh gewesen, mit dem Onkel in ein Gespräch über seinen Hund gekommen zu sein.

„Konnte denn Herr Thomsen alle kleinen Hunde verschenken. Oder verkaufen?"

„Nein, nur den einen."

„Was macht Herr Thomsen mit den kleinen Hunden, die er nicht verschenken kann."

„Manchmal behält er einen, meistens tötet er sie."

„Hast du Mitleid gehabt mit Purzel?"

„Nein, dann hätte ich ja mit allen Mitleid haben müssen. Es waren wohl sechs."

„Also Purzel hat dir gefallen?"

„Alle haben mir gefallen. Nein, ich wollte einfach, dass wenigstens einer am Leben bleibt. Diese wertvollen Tiere."

„Du hast wohl an deine Kaninchen gedacht."

„Nein. Mit den Hunden ist das anders. Von den überzähligen Kaninchen trennt man sich leichter, wie von den Küken, die Hähnchen sind. Hunde stehen uns näher."

„Aber sie werden getötet, wenn sie keiner haben will."

„Ja".

„Wie macht man das?"

Die Antwort hatte der Onkel weggeknurrt. Pitt wusste, dass der Onkel mit seinen Kaninchen und Hühnern, wenn er sich auch hingebungsvoll um sie kümmerte, unsentimental umging. Als er einmal mit der Luftpistole eine Amsel, die er eigentlich nur hatte verjagen wollen, getroffen hatte und sie mit matt schlagendem Flügel im Gras lag, hatte er ihr mit zwei Fingern den Hals umgedreht, und aus dem Schnabel war eine rote Beere in seine Hand gefallen wie das Vogelherz, das so jäh aufgehört hatte zu schlagen. War ihm das Gespräch über die Tötung unangenehm?

Pitt, mit seiner sozusagen professionellen Neugier als Tierschützer im Zeichen des Pelikans von Lambarene, hatte den Nachbarn, Herrn Thomsen, gefragt, wie er die Welpen, die keine Liebhaber fänden, tötete. Er hatte gehört, dass Katzen und Hunde nach der Geburt oft ersäuft würden. Zehn Welpen könne eine Hündin werfen und, wenn auch in großer Erschöpfung, säugen. Man müsse bedenken, dass sie nur vier Zitzen hat. „Ertränkt?"

„Die Tiere bleiben ein paar Tage in der Wurfkiste. Manche sind dort schon tot. Wenn du nicht aufpasst, drückt manchen Welpen die Mutter schon tot. Manche sind krank, welk, schief."

„Und dann?"

„Du gibst dir einen Ruck, nimmst das Wurm in die Hand und wirfst es kräftig auf die Fliesen. Er ist sofort tot, augenblicklich, da zappelt nichts wie im Eimer. Wenn du sie zwei Wochen lang hast, wenn du schon die Ruten gekürzt hast, ist es verdammt schwer, die Kleinen loszuwerden. Dann musst du darum betteln. Manche schlagen die Hunde an einen Türpfosten, um ihnen das Genick zu brechen. Das mag ich nicht. Brutal ist es immer."

„Und im Tierschutzgesetz ist das alles erlaubt"

„Ach, ihr kleinen Tierschützer. Ihr müsst euch klarmachen: die Natur ist viel zu verschwenderisch für euer Tierschutzgesetz. Natürlich kannst du den Tierarzt um Hilfe bitten. Aber wer macht das schon – "

Jedes Tier, das einem Menschen folgt, ist seinem Retter dankbar. Es hat das große Los gezogen: den Gewinn des Lebendürfens. Was wollen wir Tiere anderes als leben? Wie dankbar müssen wir dem blinden Zeugungsfatum sein, in der Fülle der Entwürfe übrig geblieben zu sein. Nicht mit diesen Worten, doch dem Sinn nach hat Pitt die mörderische Selektion als unumgänglich akzeptiert. Was ihn natürlich nicht gerade für den Job des Tierschützers qualifiziert hat.

Er hatte eine dunkle Vorstellung davon, dass es Purzel eigentlich nicht erlaubt sei, innerhalb seiner Familie – die allein in der Straße recht groß sein musste – Liebesverhältnisse anzuknüpfen, denn von Herrn Thomsen hatte er einmal etwas über eine zu vermeidende Inzucht gehört. Auf den koketten Namen Kiki hörte die Hündin, mit der sich Purzel mitten auf der Straße paarte. Auch den Stadtkindern der fünfziger Jahre war der Paarungsakt von Tieren kein ungewöhnlicher Anblick, denn überall gab es noch Weiden und Koppeln, Ställe und Käfige, wo das Vermehrungsgeschäft, meistens völlig unkontrolliert, praktiziert wurde.

Purzels und Kikis offenbar unziemlicher Geschlechtsakt erfüllte den Zwölfjährigen aber doch mit Entsetzen. Hatte Purzel Kiki etwa vergewaltigt, wehrte sich die Hündin gegen ihn, mit aller Macht? War er ihr widerwärtig?

Pitt hatte den Eindruck, sie habe sein Glied in ihrer Scheide fest eingeklemmt, so dass sich Purzel nicht von ihr lösen konnte, ja, sie schleuderte den armen Kerl nach links und rechts, sie zog ihn, sie zerrte ihn, und er kam, klägliche Belllaute von sich gebend, nicht von ihr los, obwohl schon eine ziemliche Distanz zwischen den beiden Leibern lag. Grauenvoll! Drei Minuten, fünf Minuten – wie lange hatte die Tortur schon gedauert? Sollte Pitt dazwischen gehen? Aber wie? Purzel wäre ihm vielleicht dankbar gewesen, die tollwütige Kiki aber sicher nicht.

Ein Nachbar – übrigens kein Hundehalter –, der die Szene aus dem Fenster beobachtet hatte, kam mit einem Wassereimer. Wollte er die Dame Kiki – Pitt hatte ja schon gehört, dass Hündinnen heiß werden können – abkühlen? Nein, er wählte eine brutale Methode: er öffnete die jähe pumpenkalte Dusche über dem erschreckenden Geschlechterkampf des Hundepaares. Die Behandlung wirkte: Purzel konnte – oh, wie wirkte er kläglich! – von dannen ziehen. (Herr Thomsen hat ihm den hässlichen Vorgang erklärt: nach dem Samenerguss des Hundes schließt sich ein Schwellknoten in der Scheide der Hündin, für eine ganze Weile, und dieses Hängen ist natürlich, damit der Samen nicht ausfließen kann, und manchmal versucht die Hündin, den Rüden vorzeitig abzuschütteln. Pitt ist Herrn Thomsen dankbar für die Aufklärung, ihr Fehlen hätte sich ja verheerend auf sein späteres Liebesleben auswirken können. Den Onkel mochte Pitt nicht fragen: der hätte ihm wahrscheinlich die Vernachlässigung von Aufsichtspflichten vorgeworfen, zu Recht).

9

Purzel und Pitt waren gleichaltrig, geboren im ersten Kriegsjahr, beide Angehörige des stärksten Geburtsjahrgangs des Jahrhunderts, wobei damals in der Hundewelt allerdings der Schäferhund dominierte. Wenn Pitt den berühmten Faktor Sieben für das Hundeleben zugrunde legt, war Purzel in den frühen fünfziger Jahren ein Spielkamerad an der Schwelle des Greisenalters. So blieb es nicht aus, dass er trotz seiner äußerlichen, durch eine sorgfältige Ernährung geförderten Jugendhaftigkeit von mancherlei gesundheitlichen Anfälligkeiten nicht verschont blieb; der Alterspreis für Tier und Mensch muss gezahlt werden.

Purzel blieb im Alter nicht von der Wurmplage verschont, die eigentlich nur jüngere Tiere befällt, und sie musste behandelt werden, sollte der Hund nicht vom Fleisch fallen (und wenn der Onkel den Kot beschaute wie ein antiker Orakelpriester, dachte Pitt an die erniedrigende Qual nach dem Baden am Sonnabend, wenn die Mutter die kleinen Knaben mitleidlos übers Knie legte, um ihnen die Würmer aus dem After zu pulen).

Eine Staupe hatte Purzel als Junghund glimpflich überstanden, der Onkel ließ ihn aber alle zwei, drei Jahre gegen diesen Plagegeist mit seinen ziemlich abscheulichen Folgen impfen (Die kluge Kusine, besorgt um ihre zwei Kinder, hatte gehört, der Impfstoff entspräche dem gegen die Masern, und sie hatte starke Bedenken hinsichtlich denkbarer unkontrollierter Übertragungen). Mit zunehmenden Alter litt Purzel an Wucherungen an den Ballen und immer wieder an Entzündungen und Ausschlägen, im hohen Alter kratzte er sich manchmal heftig und häufig hinter oder an den Ohren – den Behängen, wie

Herr Thomsen sagte –, und das galt als Krankheit, eine Art Hundepsychose, und sie musste behandelt werden mit warmem Öl, in dem eine Knoblauchzwiebel gekocht wurde – ein bisschen klang das nach einem Rezept von Schäfer Ast, der die Gürtelrosen besprach. Und dabei trug Purzel eine verwegen aussehende Ohrenkappe, die ihm das Aussehen eines Piraten gab.

Versuchte der Onkel vielleicht, die Altersgebrechen seines Hundes durch eine bessere Ernährung zu lindern? Die üppigen Fleischbrocken jedenfalls blieben im Futter, auch als keine Schweine mehr Konservendosen füllten. Für die Gesundheit Purzels scheute der Onkel keine Kosten, was Pitt natürlich nur aus den Klagen der Tante weiß, die sich seiner Mutter gegenüber darüber beschwerte, dass sie wie auch ihr Mann sich kein privat zu zahlendes Extra gegenüber den kassenärztlichen Verschreibungen leisten könne. Sogar die berühmte hannoversche Tierärztliche Hochschule hat der Onkel zwei- oder dreimal konsultiert (Pitt hat, nach manchen Jahren in seinen Heimatort zurückgekommen, erstaunt festgestellt, dass sie von ihrem angestammten historischen Platz umgesiedelt worden ist in die Feldmark Kirchrodes, die sein Abenteuerspielplatz gewesen ist).

Der Aufwand für die Gesunderhaltung des Hundes erbitterte die Tante umso mehr, als auch der Onkel mit wachsenden gesundheitlichen Problemen zu kämpfen hatte. Sein Lungenleiden, das immer häufiger zu heftigen Krampfanfällen, führte, verlangte eine sorgfältige Diät, um Kräfte aufzubauen, die von der Krankheit immer schneller verzehrt wurden.

Oft war der Handwagen, den der Onkel vom großen Garten nach Limmer zu seinen Stammkunden zog, schwer beladen, ja Pitt hatte den Eindruck, die Umsätze seien gestiegen, und immer häufiger stellte er sich mit dem Onkel gemeinsam an die Deichsel. Purzel, der vielleicht nicht ganz unschuldig am größeren Gewinnstreben seines Herrn war, musste an der kurzen Leine hinterm Wagen laufen.

Wenn Onkel Ludwig allein an der Deichsel ging und in seinem Brustgurt hing, kam er Pitt vor wie Emil Zatopek, auf den es bei den Olympischen Sommerspielen auf allen Langstrecken Gold regnete. Wie? Der Starke, Zähe, den sie auch Lokomotive nannten, und der schmale, gebrechliche, schwache Mann in einem Atemzug? Der Onkel hatte dieses qualvoll verzerrte Gesicht des so siegreichen Athleten, zeigte im Aufsetzen des Fußes diese stampfende Kraftanstrengung des Körpers, er warf den Kopf, als wäre jeder Schritt der letzte, mit dem er sich ins Ziel hineinwirft. Der Vergleich, so lächerlich er war, hatte sich in Pitts Kopf festgesetzt, seitdem er – nur ein einziges Mal – mit den jungen Heinses im Lili, den Limmer Lichtspielen, die Wochenschau mit den spektakulären Bildern aus Helsinki gesehen hatte.

Der Onkel, so schien es Pitt, war noch einsilbiger geworden, als müsse er beim Sprechen mit seinem Atem haushalten, als habe er davon nur einen Vorrat, der bis an ein Lebensende reichen müsse, so wie der Rentner, der neben den Zinsen auch seine Ersparnisse verbraucht, jede Ausgabe ängstlich in ein Buch schreibt, um jeden Tag erkennen zu können, wie lange das Leben noch dauern darf. Aus der Wortkargheit des Onkels war ein Wortgeiz geworden, und der hatte die Tante Wilma, die doch einen Hang zu altfräulicher Redseligkeit hatte, angesteckt, als wollte sie ihren Mann nicht zu überflüssigen Ausgaben verleiten.

Es ist Pitts Großvater August gewesen, der seiner Tochter Wilma ans Herz legte, sie solle ihrem Mann einmal „Verlööf geven", als habe sie die Macht, ihm die Erlaubnis zu geben, die Arbeit einmal zu vergessen. Dem Großvater war aufgefallen, dass sein Schwiegersohn in der Skatrunde – an der manchmal auch der Nachbar Thomsen teilnahm – häufiger „afsünnerlich" agiert habe, geistesabwesend gewirkt habe, ja völlig „appeldwatsch", auch wirke er oft bedrückt.

Pitt hatte sich manchmal in die Nähe der Skatspieler geschlichen, die, wenn sie sich bei Onkel Ludwig trafen, entweder in einer kleinen Clematislaube im Hausgarten oder im Häuschen im großen Garten saßen. Die Spieler überboten sich an Einsilbigkeit: denn das Spiel, das Pitt zuhause nicht kennengelernt hatte, schien wortarm und silbenreich zu sein, und die unbeweglichen Körper und Köpfe ließen die Arme und Hände, die sich im Spiel so ruckartig bewegten, zappelig erscheinen. Mechanisch und staksig kam ihm die Runde vor, wie von den Fäden eines Puppenspielers gelenkt, der noch ein Anfänger war und seinen Figuren über die klapprige Gelenkigkeit hinaus nicht auch Geschmeidigkeit geben konnte. Wenn zuhause in der Familie Karten gespielt wurde, dann ging das nicht ohne Lachen, ja Geschrei und heftige Gestikulation aller Beteiligten, auch nicht ohne Streitereien, die so heftig sein konnten, dass sich der Hauswirt auf der Treppe mit lautem Husten mahnend bemerkbar machte.

Diese großen Limmer Ferien im Olympiajahr, in dem die Teams der Deutschen und der Saarländer nicht eine einzige Goldmedaille nach Hause brachten, waren für Pitt leider kürzer. Schon in manchem Jahr hatten die Naturfreunde Heinse in einem der Häuser des Vereins, die äußerst preiswerte Übernachtungen anboten, einen kurzen Urlaub gemacht. Es fügte sich, dass ein Freundespaar zum Harzer Naturfreundehaus in Oderbrück aufbrach, und für die Heinses war ganz außerplanmäßig noch einer der begehrten Plätze für vierzehn Tage frei gewesen. Pitts Mutter mochte dem Neffen und seiner Frau mit ihren kleinen Kindern nicht zumuten, die Verantwortung für einen Halbwüchsigen zu tragen, und so musste Pitt in die Linie 1 steigen. Der kleine Koffer war Pitt auf dem Marsch zur Endstation immer schwerer geworden.

Der Vetter Horst hatte in seiner Versicherungsgesellschaft ein Telefon, und so konnte Pitt, wenn er die zwei Groschen erübrigen konnte, in der Telefonzelle im „Dorf" – so nannte man das historische Zentrum Kirchrodes – Horst nach dem Stand der Dinge in Limmer fragen, vor allem nach dem Befinden Purzels, der, so befürchtete er, unter der Abwesenheit seines Herrn zu leiden haben würde.

Wieder war in den großen Garten eingebrochen worden, war auch das Gartenhaus erbrochen worden. Aber dieses Mal waren neben Hühnern Dinge gestohlen worden, die dem Vetter Horst am Herzen lagen: sein Luftgewehr und die Luftpistole, die offen in einem Regal zwischen Gartenutensilien gelegen hatten. Auch für Pitt war dieser Verlust schmerzlich. Denn er hatte sich die Erlaubnis erwirkt, im Obstgarten auf eine Zielscheibe schießen zu dürfen, und er hatte es schon zu einer Fertigkeit gebracht, die ihm die berechtigte Hoffnung eingab, später einmal in den Kirchröder Schützenverein eintreten zu können.

Keine acht Tage später war erneut eingebrochen worden, und Horst war auf die unselige Idee gekommen, Purzel als Wachhund einzusetzen. Er wollte ihn aber nicht in der Abwesenheit seines Herrn frei im Garten laufen lassen, und so hatte er ihn in das Gartenhaus, das mit dem Hühnerstall verbunden war, eingesperrt. Tatsächlich waren die Diebe in der Nacht zurückgekommen. Das Bellen Purzels hatte sie nicht in die Flucht geschlagen. Sie hatten eine Fensterscheibe des Häuschens eingeschlagen und mit der Luftpistole hinein ins Dunkel auf den springenden Purzel geschossen. Nur ein Zufall hätte es vermocht, den Wachhund zu töten. Doch vielleicht wollten die Einbrecher ihn kampfunfähig schießen, um sofort oder in kommenden Nächten ihren Raubzug fortsetzen zu können. Purzel war am oberen Hinterlauf getroffen worden, hatte aber offenbar weiterhin in rasendem Zorn die Diebe verbellt, so dass sie sich zurückgezogen hatten.

Als Pitt seinen Vetter angerufen hatte, waren schon drei Tage nach der Verletzung Purzels vergangen. Der Steckschuss war in der Tierärztlichen Hochschule operiert worden, zwei Tage lang wurde Purzel als Privatpatient verwöhnt. Pitt war traurig, dass niemand in seinem Haus und in der Nachbarschaft über ein Telefon verfügte, durch das er von seinem Vetter über die Katastrophe, die Purzel erleben musste, hätte informiert werden können. Wie gern hätte er Purzel bei den Tierärzten besucht! Angesichts der Tragödie war ein älterer Bruder großzügig und lieh ihm sein Fahrrad für einen Sonnabend. Er radelte nach Limmer, und er hatte überhaupt keine Sorge, dass sein Freund ihn nicht erkennen würde.

Am liebsten aber wäre er im großen Garten auf Spurensuche gegangen. Da weder die Pforte noch ihr Schloss beschädigt waren und der Vetter auch im langen Zaun keine Spur einer Beschädigung gefunden hatte, war bei Pitt der Verdacht entstanden: nur Bewohner des hohen Etagenhauses an der Grenze des Gartens kämen als Täter in Betracht. Er wusste, dass der Zaun dort leicht übersteigbar war, denn er war schon darüber geklettert, um einen im Spiel mit Purzel verschossenen Ball zurückzuholen.

10

Der Onkel war kein Händler der vier Jahreszeiten, der mit einem Karren – wie in dem Film von Fassbinder – durch die Hinterhöfe fuhr und laut rief: „Zwetschgen, kauft Zwetschgen, Leute". Nein, er hatte eine ausgesuchte Kundschaft für seine Früchte. Es waren Freunde aus seinen Vereinen, die Kaninchenzüchter und die Naturfreunde, Bekannte, Nachbarn, Familienangehörige, die bei gelegentlichen Treffen ihre Bestellungen aufgaben, nein, ihr Interesse an bestimmten Früchten in bestimmten Mengen bekundeten. Auch allerlei Marmeladen und Gelees, die von der Tante meisterhaft zubereitet wurden, waren im Angebot. Eingeweckte Früchte – vor allem die in Massen anfallenden Zwetschgen – fanden Abnehmer.

Die Natur der Heinseschen Kundschaft brachte es mit sich, dass bei der Auslieferung weite Wege, zu Fuß oder mit dem Fahrrad, zurückzulegen waren, und da Pitt nicht Rad fahren sollte, erledigte er die fußläufigen Auslieferungen. Ihnen hatte er das ganze Jahr über entgegengefiebert: in den großen Ferien würde er die Nachbarhäuser des großen Gartens besuchen können, ganz unverfänglich, und er könnte dann versuchen, nein, es würde ihm dann gelingen, durch systematisches Herumfragen den

Revolverhelden auf die Spur zu kommen. Vielleicht könnte er den Onkel, den er über seinen Verdacht nicht informiert hatte, überreden, ihm Purzel zum Begleiter zu geben, und der würde vielleicht anschlagen, wenn eine anrüchige Gestalt hinter einer der vielen Türen erscheinen würde, – das erlaubte der Onkel ihm dann doch nicht.

Vielleicht war Pitt kriegerisch gestimmt in diesem Sommer, in dem in Deutschland tödlich geschossen worden war und Panzer gerollt waren – in der „Zone", wie der zornbebende Onkel sagte, geschossen von den „verfluchten Kommunisten", die sogar die harmlosen Naturfreunde nicht in Frieden gelassen und sie in ihre Zwangsvereine gesteckt hatten.

Im Frühjahr war wieder in das Gartenhaus eingebrochen worden. Es war jedoch nichts gestohlen worden. Es war die Tante gewesen, die bei genauem Hinschauen gesehen hatte, dass auf dem Herd gekocht worden war, und im Abfalleimer hatte sie Weinflaschen gefunden, die keiner in ihrer Familie geleert haben konnte, und sie fand Zigarettenkippen. Die Spuren eines nächtlichen Gelages? In jedem Fall Ekel erregende Reste, die das Häuschen übel verunreinigten – denn der Onkel war in seiner frühen Jugend Mitglied eines sozialistischen Kampfbundes gewesen, dessen Mitglieder eine fanatische Askese lebten. Es kostete ihn Überwindung, die Gewohnheit seines Schwiegervaters zu tolerieren, beim Skatspielen ungeniert zu priemen und die halbzerkauten Tabakreste in seine Blechschachtel zurückzustopfen.

Das alles hatte Pitt nachdenklich gestimmt. Er war ja auch schon mit seinen Freunden in herbstlich dunklen Abendstunden durch die Schrebergärten gestöbert, sie hatten die Schlösser von Lauben geknackt, indem sie die

Beschläge abgeschraubt hatten, auch sie hatten dort schon Brühwürfel in leeren Konservendosen auf selbstgebastelten Stövchen „abgekocht", und dazu hatten sie auch schon mal ein Glas Wermut getrunken und Zigaretten geraucht. Die Einbrüche in den großen Garten vielleicht nur der Streich einer Gruppe von Jungen in seinem Alter? Hatten sie es vielleicht gar nicht auf die Hühner, sondern nur auf die Waffen abgesehen? Der Hühnerdiebstahl nur die Vertuschung der Gier nach Gewehr und Pistole, die ja auch Pitt äußerst attraktiv fand und mit denen er bei seinen Spielkameraden Eindruck hätte machen können? War der Schuss auf Purzel blöd und angeberisch gewesen wie so manches, für das er sich auch schon geschämt hatte? Wenn es aber so wäre, so würde das nur seinen Verdacht erhärten, die Täter in der unmittelbaren Nachbarschaft des Gartens suchen zu müssen. Wenn sie nicht auf Purzel geschossen hätten! Pardon für jeden Streich, ja, aber auf einen Hund schießen – nie.

Pitt sah es mit Erleichterung: der Onkel wirkte gesünder, kräftiger, als er ihn wiedersah, war auch mitteilsamer, wenn er zum Beispiel über Purzels Genesung sprach, die sich in die Länge gezogen hatte, weil besorgniserregende Lähmungserscheinungen im Hinterlauf zu kurieren waren. Dabei waren neue bedrückende Sorgen auf die Heinses herabgefallen. Sie hatten einen Prozess gegen zwei der Miterben des Onkels zu führen, die auf eine Erhöhung ihrer Abfindung geklagt hatten, wegen irgendeines Fehlers oder einer Unbestimmtheit im väterlichen Testament. Das wusste die kluge Kusine. Eine drohende höhere Zahlung, Prozesskosten, eine Katastrophe. Die Kusine hatte von „Dynamisierung" gesprochen, und was immer das bedeutete, Pitt hörte „Dynamit", und das Wort bedrohte den Frieden des Hauses.

Auch Vetter Horst hatte seine Sorgen: der Umbau des Stalls zum Kinderzimmer hatte fast doppelt so viel Geld verschlungen wie veranschlagt, weil die Ställe viel Feuchtigkeit in Fundament und Gemäuer gezogen hatten und auch die Statik des Anbaus vor vielen Jahren wohl etwas oberflächlich berechnet worden war. Da Vater und Sohn eine Kostenteilung vereinbart hatten, fielen die zusätzlichen Mieteinnahmen, mit denen der Onkel gerechnet hatte, fürs erste aus.

Keine Kaninchenausstellung war es, die den Onkel etliche seiner Käfigboxen, in denen er seine Preiskandidaten transportierte, vom Dachboden holen ließ. Manche Ställe leerten sich. Pitt hatte keine Vorstellung vom Wert der Tiere, die der Onkel verkaufte. Doch er wusste, dass es neben den Preisen, die er vielleicht erzielte, eine Wertschätzung jedes einzelnen Tieres gab, und er ahnte, dass Onkel Ludwig in diesem Vergleich nicht der Gewinner war.

„Himbeeren, auf denen die Sonne steht" – für Pitt ist das der schönste Satz der deutschen Literatur. Thomas Mann lässt die Worte Goethe sprechen, in seinem wunderlichen Selbstgespräch im berühmten siebenten Kapitel von „Lotte in Weimar". Im Weimarer Haus am Frauenplan wurde Marmelade gekocht, und der zart-aromatische Duft, der durchs Haus zog, war eine einzige Inspiration. Himbeeren, auf denen die Sonne steht – Pitt hat am liebsten diese weichen, sich leicht vom Blütengrund lösenden Früchte gepflückt, sich die Haut an Hand und Arm vom allerfeinsten Stachelgewebe streicheln lassen, hat die Nase immer leicht witternd in den Duft getaucht, der am

Frauenplan, weil aus gekochten Früchten strömend, natürlich viel intensiver gewesen ist. Die Beeren mussten fest gegriffen und durften doch im Abziehen nicht zu stark gedrückt werden, um die feine Bläschenstruktur der Beere nicht zu verletzen.

Schier undurchdringliche Mauern von Himbeersträuchern, aber auch von Stachelbeeren und Johannisbeeren, schlossen den großen Garten gegen die bebauten Nachbargrundstücke wie ein Verteidigungswall ab. Natürlich musste Pitt auch Stachelbeeren und Johannisbeeren pflücken, diese herben Früchte, deren vorkostender Anblick das leise krampfige Ziehen in den Kiefermuskeln auslöste. Am liebsten wäre er natürlich in die breitkronige Süßkirsche oder in den Glockenmantel des einzigen Birnbaums gestiegen, aber das ließen Onkel und Tante aus Sicherheitsgründen nicht zu. Nein, sein Sammelfeld waren die niedrigwüchsigen Sträucher – mit der Königsdisziplin des Himbeerpflückens.

Die Bewohner des mehrstöckigen Hauses auf dem Nachbargrundstück meldeten schon in der Blütezeit ihren Bedarf an: hatten sie doch die lockende Auslage der Früchte vor ihrer Nase, und so war allein für diese Nachfragergruppe die Zahl der zu füllenden Körbe nicht klein. Durch Mundpropaganda wurde das bunte Früchteangebot auch ohne den sinnlichen Kontakt verlockend für die Bewohner der anschließenden Häuser in der Straße jenseits der hannoverschen Grenze.

Die wichtigste Kundin war eine ältere Frau im Erdgeschoss des Nachbarhauses, die hingebungsvoll für eine große Verwandtschaft Marmelade kochte. Wenn Pitt den Nachschub herantrug, erlebte er immer wieder das Wunder des zarten Dufts, der die Küche und die drei Zimmer der Wohnung erfüllte, der auch Goethe, wenn man Thomas Mann glauben darf, in die Nase gestiegen war: Himbeeren, auf denen die Sonne steht. Aber auch in die oberen Etagen musste Pitt seine Körbe tragen, so zu einer Familie mit zwei Jungen aus Pitts Altersgruppe.

Die ältere Frau, die über Schlaflosigkeit klagte, konnte Pitt ganz beiläufig, ohne eine allzu aufdringliche Neugier zu verraten, nach Auffälligkeiten im nächtlichen Garten fragen. Schwierig war es, mit der Mutter der beiden Jungen ins detektivische Gespräch zu kommen: wie konnte er sie nach einem Luftgewehr und einer Luftpistole fragen? Dreimal erschien er als Bote, doch er traf die Jungen nicht an: sie waren in die Ferien gefahren. Unter dem Vorwand, nach Spielkameradschaften Ausschau zu halten, fragte er die Kunden nach Gleichaltrigen und Jungen, die sie vielleicht beim Cowboy-und-Indianer-Spiel beobachtet haben könnte.

Pitt trug bei der Mutter der Jungen die Körbe auf den Balkon, und er sah, dass der große Garten als eine Parklandschaft unter ihm lag. Warum, dachte er, hat Horst die böse Verletzung Purzels nicht der Polizei angezeigt? Die hätte doch schon längst die Hausbewohner befragen können. Horst hatte sich mit dem Gedanken getragen, erfuhr er, eine Anzeige zu erstatten, hatte es dann aber wegen starker beruflicher Belastung unterlassen.

Auch in anderen Häusern im weiteren Umkreis des großen Gartens fragte Pitt nach Beobachtungen: hatte jemand Jungs oder junge Männer (der Begriff „Halbstarke" kam erst etwas später mit Marlon Brando und James Dean aus Hollywood) mit einem Gewehr oder einer Pistole hantieren gesehen? Hatte ein Spaziergänger in der

Dämmerung Menschen im Garten gesehen? Sind irgendwo Hühner geschlachtet worden, wo keine Hühnerställe sind? Ja, Pitt musste sich von nicht wenigen Menschen verwundert anschauen und kopfschüttelnd abweisen lassen. Peinlich war es nur, dass der Onkel einmal nach seinem auf so penetrante Weise neugierigen Neffen gefragt wurde.

Bei seinen Auslieferungen konnte Purzel ihn nicht begleiten, denn er hatte mit beiden Händen schwer an seinen Körben zu schleppen und konnte keinen Hund an der Leine führen. Am liebsten wäre er stundenlang mit Purzel durch die Straßen gelaufen, in Richtung Limmer oder zum Benther Berg: vielleicht würde Purzel, aus verzerrten Lefzen knurrend, auf einen Menschen zudringen: auf den Täter, dessen bestialischen Geruch er in der Nase hatte. Doch er hätte dem Onkel den Sinn längerer Wanderungen mit dem Hund erklären müssen, und der hätte ihn ausgelacht.

11

Sagte es Pitt nicht schon? – die Tante war keine glückliche Hausbesitzerin. „Ich bin wie eine Bäuerin, aber wenn die alte Bäuerin noch auf dem Hof sitzt, bist du nur eine Magd." Das hatte sie Pitts Mutter auf einer Geburtstagsfeier in Kirchrode gesagt. Wie oft mochte sie es schon ihrem Mann gesagt haben? Ja, sie arbeitete unermüdlich im Haus, in den Ställen, im Hausgarten, im großen Garten. Leichte Arbeit war für sie nur ihr Engagement für das fröhliche Leben auf der Wiese der Naturfreunde: freie Arbeit ist leichte Arbeit.

Der Fünf-Wochen-Gast spürte fast jeden Tag, dass die Tante sich an den feinen und groben Ketten, die das Haus über sie gelegt hatte, wundgerieben hatte. Wenn er gewusst hätte, dass er nach über sechzig Jahren – endlich! - in das Haus der Heinses zurückkehren musste, um sich die Frage „Warum wurde Purzel umgebracht?" in der ihm möglichen Klarheit zu beantworten, hätte er in seinem kleinen Notizbuch, in das er markante Ferienerlebnisse in wenigen Worten festhielt, die eine oder andere Äußerung der Tante, die ihre existentielle Not verriet, aufbewahrt.

Da ihr Mann sich taub stellte gegen die meisten ihrer Klagen, die allerdings alles andere als laut und deutlich waren, hatten die sich mit aller Wucht gegen seine Mutter gerichtet, die ja tatsächlich taub war. Pitt – und auch die kluge Kusine – war immer skeptisch gewesen: war die alte Frau, die ja wohl der Neunzig zustrebte, wirklich so schwerhörig, wie ihr Griff nach dem Hörrohr annehmen ließ? „Schwerhörig", sagte die kluge Kusine, „ja, ein bisschen. Aber die ist harthörig". Sie hatte auch eine sehr provozierende Art, das schwarze, leicht gekrümmte Rohr mit seinem Schallkelch wie eine schmale Engelstrompete energisch in ihre Kittelschürze zu stecken, wenn sie das Ende eines Gesprächs, auch wenn es ihr nicht unliebsam war, signalisieren wollte. Pitt hatte durch die Stimmhöhe und die Artikulation, der man im Hannoverschen eine gewisse Prägnanz nachsagt, die Schallwellen so gebündelt, dass er das Gefühl hatte, sie benötigte das Rohr gar nicht. Mit ihrem Gegenüber hatte sie, wie der Werbespruch des hannoverschen Akustikers sagt, ein Kind im Ohr.

Wenn die Tante ein Gespräch mit ihrer Schwiegermutter anbahnen wollte, war sie so ungeduldig, dass sie manchmal selbst das Hörrohr aus dem Kittel riss und es der alten Dame zum Ohr drängte – das war alterswüchsig so groß und lappig geworden, dass Pitt es mit den Behängen des Hundes verglich (das hatte er notiert). Wie es auch bestellt gewesen sein mochte mit dem Altersleiden der Großmutter Heinse, das Gespräch mit ihr war immer eine öffentliche Angelegenheit. Und so konnte es Pitt nicht entgegen, dass die Streitereien zwischen der alten und der jüngeren Frau Heinse immer häufiger, im Tonfall immer bitterer geworden waren.

Tante Wilma hatte sich in den Gedanken verbissen, die alte Dame an den Kosten und dem befürchteten Folgeaufwand des Rechtsstreits zu beteiligen, den ihre zwei uneinsichtigen Söhne vom Zaum gebrochen hatten. „Wir zahlen Miete an deine Jungen, dann kannst auch du Miete an deine Jungen zahlen" – wie oft und in wie vielen Variationen hatte Pitt diesen Satz gehört. Ja, die Tante hatte sogar den verwegenen Gedanken ins Rohr geschrien, ihre Schwiegermutter solle ein Zimmer ihrer Suite abgeben, damit die jungen Heinses ihn nutzen und damit ein Mansardenzimmer frei machen könnten, das an einen Studenten der Technischen Hochschule vermietet werden könnte. Es war schon sehr boshaft von der alten Dame, die zwangsläufig lautstarke Argumentation der Schwiegertochter mit den Worten abzutun: „Bölk du man zu."

Der Onkel, wurde er von Ferne Zeuge solcher zwecklos einseitigen Auseinandersetzungen, hielt sich – buchstäblich! – die Ohren zu, mit einer so angewiderten Miene, mit einem in schmerzlich loyaler Resignation verzerrten Mund, der sagen mochte: so sei doch endlich still! Pitt hatte ein gewisses Sensorium für diese kleine Tragödie eines zwischen der Liebe zu seiner Mutter und zu seiner Frau zerrissenen Charakters. In seiner eigenen Familie, der unvollständigen, hatte er die Spannungen zwischen zwei Frauen fortwirken erlebt, die sich an der Existenz eines Mannes aufgeladen hatten, der schon seit Jahren in seinem Grab lag.

In diesem Jahr schien im großen Garten jeder Pflückrekord gebrochen werden zu sollen. Vom frühen Morgen bis in den späten Abend: Leiter rauf, Leiter runter. Längst reichten die Körbe nicht aus, und Zinkwannen wurden gefüllt, sogar die als Regentonne dienende uralte Badewanne am Gartenhaus. Auch Pitt wuselte zwischen seinen Sträuchern. Die kluge Kusine, die doch genug Arbeit mit ihren Kindern hatte, ließ sich einspannen, wann immer sie Zeit hatte.

Für ein sehr wichtiges Produkt, die Zwetschgen und Pflaumen, mussten sich die Heinses als Mengenanpasser verhalten: sie mussten auf fallende Preise reagieren. Fast aufs Groschenniveau war der Pfundpreis für Zwetschgen und Pflaumen gefallen. Und Pitt, der schon gehörte hatte, dass bei fiebrigen Erkrankungen von einer „Krise" gesprochen wurde, wenn das Fieber einen Höchststand erreichte, hörte seine Gasteltern erregt über eine Pflaumenkrise, die beim preislichen Tiefstand ausgebrochen war, sprechen. Die Bonner Regierung hatte schon die Einfuhr von Pflaumen aus Italien sperren lassen, nachdem die Obstbauern, die zwei Drittel ihrer Erzeugungskosten nicht decken konnten, ihrem Ernährungsminister Niklas einen Waggon Pflaumen an sein Ministerium adressiert hatten – was Pitt lustig fand wie den Namen des Empfängers.

Der kalte Frühling hatte die berühmten Bühler Pflaumen und Zwetschgen vier Wochen verspätet reifen lassen, und die drängten nun in der norddeutschen Saison von ihrem Oberrhein auch an Leine und Ihme. Die Einfuhr der italienischen Pfirsiche war nicht verboten worden und sie kosteten dennoch das Sechsfache der Zwetschgen, aber leider besaßen die Heinses nur einen einzigen Pfirsichbaum. Die Tante sprach – trotz der antifaschistischen Gesinnung ihres Mannes – etwas wehmütig von ihren Erinnerungen an die Vorkriegszeit: die Nazis hatten die Pflaumenschwemme dadurch bekämpft, dass sie den deutschen Hausfrauen befahlen, Pflaumenmus zu kochen.

Trotz dieser Krise und der pekuniären Sorgen, die sie verursachte, nahm der Onkel seinen Neffen mit auf den Klagesmarkt, mitten hinein in die Zehntausende, die ihn zwischen dem Gewerkschaftshaus und der Christuskirche (bei der die Mutter seines Vaters wohnte) füllten, denn es war Wahlkampf. Der zweite für den Bundestag, aber auch an den ersten konnte sich Pitt, der ihn mit seinem Onkel erlebt hatte, erinnern. Der Kandidat der Sozialdemokraten war damals Kurt Schumacher gewesen, von dem die Leute in Kirchrode, wo er an der Tiergartenstraße wohnte, mit wiegenden Köpfen schon in den Jahren, an denen an Wahlen noch gar nicht zu denken war, sagten, er sei der nächste Reichskanzler. Er war im vergangenen Jahr auf dem Ricklinger Friedhof, der nicht weit von Limmer entfernt ist, beerdigt worden, und auch Ludwig Heinse war in der Riesenmenge der Trauernden gewesen. Diesmal hieß der Kandidat Ollenhauer, und der Onkel bedauerte schon auf dem Klagesmarkt, dass mit ihm die Sozis wohl wieder nicht ans Ruder kämen, wenn sie auch in Hannover wieder die stärkste Partei sein würden und der Erich seinen hannoverschen Wahlkreis wie der Schumacher gewinnen würde. Die laute bellende Stimme vor vier

Jahren hätte selbst die alte Frau Heinse mit ihrem Hörrohr überzeugen können, dagegen fiel der Ollenhauer stark ab, stimmlich jedenfalls: er hätte, amüsierte sich Pitt, die Olle nicht umgehauen.

12

Schon früh hat Pitt sich – der Not gehorchend, nicht dem eigenen Triebe – mit den geldlichen Aspekten der Hauswirtschaft vor allem der Rentner beschäftigt. Er ist in einer Zeit aufgewachsen, in der der Pfennig von allen geehrt werden musste. Was heute die Menschen unter dem Drohwort „Altersarmut" bewegt und sie trotz aller Segnungen des Wohlfahrtsstaates in den kommenden Jahrzehnten erregen muss, war in den 1950er Jahren der normale Notstand. Die Renten waren lächerlich niedrig. Die große Rentenreform, die ältere Menschen am allmählich einsetzenden, dann stetigen Einkommenswachstum teilhaben ließ, kam erst 1957. Nie hat Pitt gewusst, wie hoch das Renteneinkommen seiner Mutter war – mit der kleinen Sozialrente des jung verstorbenen Mannes (die Frauen hatten sich in der Regel ihre selbst erworbenen Rentenansprüche vor ihrer Hochzeit auszahlen lassen), einer Rente für die Kriegshinterbliebenen, für sich und die Kinder, und einer winzigen, doch wichtigen patriotischen Betriebsrente für die Kriegswaisen. Jede Frage nach dem Geld wurde stumm abgewehrt. Bis zum Tod der Mutter in ihren Achtzigern hat er nicht gewusst, wie hoch das Einkommen war. Und ob es nicht fürs Auskommen hätte aufgestockt werden müssen. „Über Geld spricht man nicht" – das war die Antwort, wenn Pitt naseweis seinen Mangel kritisierte. Die kleine Schuld beim Kaufmann blieb kurzfristig, wurde allenfalls durch den

Kleinstkredit von der Pfandleihe verlängert, einem humanen, zu Unrecht der Ausbeutung verdächtigen Institut.

Was in seiner Familie gar nicht anders möglich war, galt in den meisten Familien: die Mutter verwaltete das Geld. Das war ein ehernes Gesetz: je niedriger das Haushaltseinkommen, desto stärker hatten die Frauen den Daumen auf dem Beutel – genau drei Viertel aller Frauen waren die Schatzmeisterinnen, wenn von Schatz die Rede sein kann (das hat Pitt später in seinen nationalökonomischen Studien festgestellt). Erst in höheren Einkommensschichten konnte man von einem Taschengeld für die Männer nicht mehr sprechen. Dass die Männer formell über das Einkommen verfügen durften, auch außergewöhnliche Anschaffungen ohne ihr Votum nicht möglich waren, dass sie in vielen Familien den Frauen ein Haushaltsgeld zuwiesen – „grau, teurer Freund, ist alle Theorie und grün des Lebens goldner Baum". Nur wer mit Pfennigen und Groschen rechnen konnte, war befähigt, mit einem Budget vernünftig umzugehen.

In diesem Wahljahr wurde viel über Löhne, Renten und Preise geredet, und Pitts Bewusstsein wurde – jenseits aller kindlichen Wunschphantasien – auf das Phänomen der Knappheit gelenkt (das unsere Zeit in einem globalen monetären Feldversuch zum Verschwinden bringen will): auf den allgemeinen Geldmangel. Und auf den besonderen im Rentnerhaushalt. „180 Mark" hatte sich Pitt nach der drei Ewigkeiten dauernden Rede des Spitzenkandidaten Ollenhauer in sein Heftchen geschrieben. Und er hatte die kluge Kusine gefragt, ob sie wohl meine, dass der Onkel Ludwig so ein Einkommen haben könnte. Die hatte gelacht. „Da stecken alle möglichen Rentner und Pensionäre drin. Zieh ruhig ein Drittel ab für die Arbeiter.

Und dann ist Vater ja Invalide. Zieh noch mal ein Viertel ab, wenn das reicht. Wo bist du dann?" Die Antwort fiel Pitt leicht: „90!" Er dachte an das Mietbuch der Mutter, das er kannte: in ihm quittierte der Hauswirt eine Miete von 30 Mark. Plötzlich verstand Pitt, warum der Onkel sich auf dem Klagesmarkt über die Abschaffung des Konsumbrotes so aufgeregt hatte. Das Brot wurde bisher von der Regierung verbilligt, und wenn der Zuschuss wegfiele, würden Rentner künftig 2 Mark im Monat mehr für das Brot zahlen müssen. Zwei Mark!

Zum ersten Mal fühlte sich Pitt als Gast im Hause Heinse unbehaglich. Lag er dem Onkel – auch wenn er sein Einkommen vielleicht über seinen kleinen Daumen zu gering veranschlagt hatte – nicht mächtig auf der Tasche? Er war doch nicht die Lilie auf dem Felde, von dem er gerade im Konfirmandenunterricht (der Onkel hatte nicht versucht, ihn für seine Jugendweihe zu gewinnen) gehört hatte. Sein eifriges Pflücken, seine Botendienste, das Füttern der Hühner und Kaninchen, all das war ihm eine spielerische Selbstverständlichkeit, denn er konnte ja den ganzen Tag im großen Garten nicht nur damit verbringen, zu lesen und mit Purzel zu tollen. Konnte er das Arbeit nennen? Konnte er mit seiner Arbeit dazu beitragen, die Haushaltskasse ein bisschen zu vergrößern?

Auf dem Klagesmarkt, an der Seite des Onkels, hatte er sich erwachsen gefühlt. Der Onkel hatte mit ihm über Dinge geredet, über die er zuhause oder im großen Garten nie geredet hätte. Er hatte ihn gefragt, ob er sich schon für einen Beruf entschieden habe. Ja, im nächsten Jahr würde es keine großen Ferien geben, dann wäre er Lehrling, irgendwo. Er hatte keine Vorstellung von seinem künftigen Beruf. Aber er würde auf jeden Fall Geld verdienen als

Lehrling. Und wenn er dann – vielleicht für eine Woche, für zehn Tage – einen Teil seines Urlaubs wieder in Limmer verbringen würde, könnte er dem Onkel und der Tante mit der einen oder anderen nützlichen Ausgabe ein bisschen unter die Arme greifen.

Wir machen uns ja nicht klar, dass wir Menschen, die uns wohlwollen, schon durch einen Gedanken, einen völlig unausgesprochenen, beleidigen können. Pitt hatte die Unschuld des Nehmens verloren, aber das hatte ihn – so hofft er noch heute – nicht in eine Befangenheit manövriert, die dem Onkel und der Tante hätte signalisieren können, er fühle sich in der Rolle des Gasts unbehaglich.

Als Pitt dem Onkel im September, nach der Wahl, einen Brief schrieb, wusste er noch nicht, dass er nie wieder Ferientage in Limmer und im großen Garten verbringen sollte. Er wollte dem Onkel etwas Tröstendes sagen: denn die Wahl war, wieder einmal, verlorengegangen, jedenfalls für ihn, und Purzel war tot. Da der Tod Purzels den Onkel sehr erschüttert hatte, wollte Pitt an diesen Schmerz nicht rühren, und so ließ er es bei dem einen Satz bewenden: ganz gewiss werde die Polizei den grausamen Mord aufklären, und er, Purzels Freund, werde im nächsten Jahr, mögen die Ferien auch nur kurz sein, alles dafür tun, die Spur der Täter zu finden; er habe auch schon eine Idee, auf die die Polizei sicher nicht kommen würde. Der Ollenhauer habe mit seinen 29 Prozent weniger als ein halbes Prozent gegenüber dem Kurt Schumacher vor vier Jahren verloren, und der sei doch ein hochberühmter Mann gewesen und habe auch besser reden können als sein Nachfolger, den die Leute ja erst einmal richtig kennenlernen müssten. Und seinen Wahlkreis in Hannover Süd – zu dem Limmer und Kirchrode gehörten – habe er schließlich mit 55 Prozent gewonnen. Das war Pitts erste Wahlanalyse gewesen, denen später in manchen Ortsvereinen seiner Partei, in denen er politisch heimisch war, fünfzehn gefolgt sind, die regionalen Wahlen nicht mitgerechnet.

13
Wären die Ferien in diesem Jahr doch drei Tage kürzer gewesen! Pitt hätte die Katastrophe, die am Schluss glücklich-unbeschwerter Wochen ins Haus seiner Gasteltern brach, nicht erleben müssen. Er hätte sich auch nicht bedrücken lassen müssen durch die Vorwarnungen, die das Schicksal aussandte, als wollte es die Wucht seiner Schläge langsam steigern, um Pitt zu veranlassen, möglichst schnell das gastliche Haus und die geliebte Gemeinschaft zu verlassen. Ja, ja, Pitt weiß natürlich, dass es kindlich magischer Irrglaube ist zu meinen, das Unglück habe es auf jemand abgesehen, der doch nur am Rande des Geschehens steht.

Die Mahnung der Stadtverwaltung über die ausstehende Hundesteuer hatte zu einer heftigen Auseinandersetzung zwischen der Tante und dem Onkel geführt, wie immer auf ihrer Seite anklägerisch heftig, auf seiner stumm abwehrend. Es war seine Aufgabe gewesen, den angemahnten Betrag bei der Stadtkasse einzuzahlen, doch er hatte es nicht getan. Es ging bei dieser Schuld um zwanzig Mark, und Pitt hatte die jährliche Steuerlast in Verbindung gesetzt zu den zwei Mark, die künftig das verteuerte Brot monatlich mehr kosten würde. Dass Purzel ein Steuerzahler war, hatte Pitt erfahren, als ihm die Bedeutung der Blechmarke mit der eingestanzten Nummer erklärt worden war: Purzel müsse sie ständig an seinem Halsband tragen, sonst könne ihm widerfahren, dass ihn der städtische Hundefänger in den Staatszwinger sperrt und nur gegen die Zahlung hoher Strafen – „Lösegeld", dachte Pitt – befreit.

Zwei Mark. Auch sie haben Pitts Nachdenken über die Kostspieligkeit seines Ferienglücks wieder Nahrung gegeben. Sogar Purzel, ein Hund, muss sein Lebensrecht mit einer Abgabe bezahlen. Zwei Mark. Noch zehn Jahre später, als Pitt beim Professor Ritschl, der das berühmte Buch über die Theorie der Staatswirtschaft und der Besteuerung geschrieben hatte, im mündlichen Examen saß und über Wesen und Arten der Gemeindesteuern befragt wurde, hat er darüber nachgedacht, so stark, dass ihm neben der Gewerbesteuer nur die Hundesteuer eingefallen war, was für eine befriedigende Note absolut nicht ausreichend war.

Immerhin hatte er gewusst, dass diese Steuer eine Aufwandsteuer war, durch die eine Gemeinde ihr Säckel füllt, ohne einen hundefreundlichen Zweck damit zu erfüllen, einfach nur, weil sie annimmt, dass Menschen, die sich einen Hund leisten können, auch finanziell leistungsfähig sind. Mit den Aufwandsteuern hatte sich der Professor in dem Gutachten zur Großen Steuerreform, das er in Pitts letztem Ferienjahr für die Bundesregierung geschrieben hatte, zwar beschäftigt, aber die Hundesteuer war ihm wohl doch eine Bagatelle gewesen.

Respekt aber vor den Bagatellen! Sie können in mancher Situation ein großes Gewicht haben, können sich aufblähen zu einem symbolischen Bedeutungspopanz. Der Tante Wilma ging es sicherlich nicht um die zwanzig

Mark oder um die Saumseligkeit ihres Mannes, die zu einer gebührenpflichtigen Mahnung geführt hatte. Die beiden hatten immer jeden finanziellen Engpass ohne Gerichtsvollzieher überstanden. Nein, der Ärger der Tante, so empfand es Pitt, hatte etwas von dieser schrillen Unbedingtheit, die sie gezeigt hatte, als Pitt nach dem anstrengenden Kohlentransport die Glühbirne im Verschlag zerdeppert hatte. Die Dunkelheit, die damals momentan eingetreten war, musste das Gemüt der Tante verdüstert haben, so heftig war ihr Tadel, so lautstark ihre Anklage gegen den Schuldigen gewesen, der den Schaden doch gewiss aus lauter Schusseligkeit verursacht hatte. Einen „Dööskopp" konnte sie ja ihren vergesslichen Mann nicht nennen – vielleicht hatte er ja am Zahltag für die Hundesteuer wirklich andere Ausgaben im Kopf gehabt oder er hatte den Termin verstreichen lassen, wie es Pitt heute auch manchmal bei seinen Steuervorauszahlungen tut, wenn Ebbe auf dem Konto herrscht. Nein, die Kritik an ihrem Mann hatte in Tonlage und Lautstärke die gleiche Aggressivität wie sie Pitt erlebt hatte. Die Anklage mochte lauten: es hat ja doch alles keinen Zweck mit euch, ich strenge mich an bis zur Erschöpfung, um alles zu regeln, und ihr lasst mich mit eurer Nachlässigkeit im Stich und verursacht nur überflüssige Kosten. Der Onkel hat so reagiert wie Pitt: hat betreten zur Seite geschaut und kein Wort gesagt. Pitt aber hatte gelitten, wie er immer fürchterlich leidet, wenn sich Menschen in seiner Gegenwart streiten.

Der Onkel hatte schwerwiegende Probleme. Immer wieder trieb es ihn zu den Kaninchenställen, ja, er unterbrach sogar die Arbeit im großen Garten, um in den Ställen am Haus in Limmer nach dem Rechten zu schauen.

Einige seiner Stars, die er in den letzten Wochen häufiger in den engen Transportkäfigen zum Verein getragen hatte, um sie zu verkaufen, zeigten Symptome, die dem erfahrenen Züchter Sorge bereiteten. Sie niesten, verweigerten das Futter, wirkten apathisch, und er befühlte die Köpfe und das Fell, sagte aber Pitt nicht, was er befürchtete. Im schlimmsten Fall, erklärte er dem kleinen Tierschützer, verlange der Tierschutz und die Satzung des Vereins sogar, dass Kaninchen eingeschläfert werden müssten. Waren die Tiere wegen des häufigen Transports in Stress oder Zugluft geraten, hatte es Ansteckungen gegeben, drohte Schlimmeres? Der Onkel gestand Pitt, der sich von seinen Sorgen anstecken ließ, dass er bei einigen Tieren die Frühjahrsimpfung unterlassen habe. Er wollte die Kosten sparen, weil die Kaninchen zu Opfertieren für eine seit langem geplante Festtafel bestimmt waren: im Vereinshaus des Sportvereins in Limmer, in dem Vetter Horst die Fußballjugend trainierte, wollten im August die Eltern der klugen Kusine ihre Silberne Hochzeit feiern.

Ungewöhnlich spät war der Onkel am drittletzten Tag der Ferien nach Hause gekommen. Die Tante und Pitt hatten mit dem Abendbrot auf ihn gewartet. Der Onkel schien Pitts Frage, wo Purzel bleibe, nicht gehört zu haben, hatte sich stumm an den Küchentisch gesetzt, das Gesicht in die Hände gestützt, und nach tiefen stöhnenden Atemzügen, die so oft einen Krampfhusten ankündeten, war ein Schluchzen unter seinen Fingern hervorgebrochen, und er hatte gesagt: „Purzel ist tot". Wohl eine Minute lang hatten die Tante und Pitt auf die zuckenden Schultern geschaut, bis die Tante ihren schweren Körper mit einem Ruck hob, zum Stuhl des Onkels trat und seinen Kopf, von dem sich die Hände nicht lösten, an ihren Leib drückte.

Auch Pitt war aufgesprungen und hatte gerufen: „Sie haben ihn erschossen. Sie haben ihn erschossen! Sie haben es schon mal versucht." Er war so aufgeregt und so wütend, dass er den Schmerz des Verlustes nicht empfand. Er ging hinaus auf die Treppe und rief hinab: „Horst, sie haben Purzel umgebracht, sie haben ihn erschossen." Als Horst und die kluge Kusine in der Küche standen, rief er wieder: „Sie haben Purzel erschossen." Jetzt erst schaute Onkel Ludwig hoch und schüttelte den Kopf.

„Er ist gestorben?" Der Onkel nickte.

„Er ist nicht erschossen?" sagte Horst. Der Onkel nickte wieder.

„Er war alt", sagte Horst. „Hast du ihn schon begraben?" Und wieder nickte der Onkel, und die leichte Kopfbewegung erschütterte den ganzen Körper, der sich in den Qualen eines schier unlösbaren Krampfhustens zu winden begann. Es dauerte lange, bis Horst und die kluge Kusine dem Vater die Arme unter die Achseln legen und ihn die Stufen hinauf in das Schlafzimmer führen konnten.

Doch Purzel hatte am Morgen seinen Herrn, der mit dem Fahrrad in den großen Garten gefahren war, in lebhaften Sprüngen begleitet. Er sollte gestorben sein? An Altersschwäche? An einem Herzschlag? Er war, das wusste Pitt, alt. Aber alt genug, um zu sterben? Er wäre mit ihm und dem Onkel auch an diesem Tag zum Garten geradelt, doch die kluge Kusine hatte ihn gebeten, auf das ältere Mädchen aufzupassen, da sie mit dem kleineren zum Arzt gehen wollte.

Die Tante war hinaufgegangen zum Onkel ins Schlafzimmer. Er konnte mit ihr an diesem Abend nicht mehr sprechen. Horst und die kluge Kusine waren zu ihm in die Küche gekommen, um ihn einzuladen, zu ihnen in ihre Stube zu kommen. „Wir müssen bis morgen warten. Der Onkel muss zu Ruhe kommen. Er hat seinen besten Freund verloren. Er wird uns schon sagen, was passiert ist." Horst musste noch einmal aufs Fahrrad steigen, um in Limmer oder in Linden nach einer Apotheke zu fahnden, die den Notdienst wahrnahm. In dieser Nacht schlief Pitt auf dem Sofa unten in der Stube, auf dem die kluge Kusine ihm das Bett gemacht hatte.

Muss einer nicht weinen, der seinen Freund verloren hat? Pitt weinte nicht, und er war ein bisschen erschrocken darüber. Hätte der große Schmerz, der den Onkel an den Rand des Zusammenbruchs getrieben hatte, sich ihm nicht als ein kleiner Schmerz auf die Seele legen müssen, wenigstens als eine Brandwunde der Brennnessel? Er war wütend. Er glaubte nicht an einen natürlichen Tod Purzels. Was hat Purzel umgebracht? Um Onkel Ludwig, diesen immer nüchternen, sachlichen, stillen Mann, so aus der Fassung zu bringen, musste etwas Schrecklicheres, etwas Unbegreiflicheres als ein Sterben in Altersschwäche geschehen sein.

Noch ehe Horst zurückgekehrt war, musste die Kusine schon zu einem Nachbarn laufen, um den Rettungswagen zu rufen, der den Onkel ins Krankenhaus Siloah brachte. Einschlafen konnte Pitt nicht mehr in dieser Nacht, so lange er auch die Schläge seines Herzens, die in seiner Brust dröhnten, zählte.

14

Die Tante kam in den frühen Morgenstunden zurück aus dem Krankenhaus, doch nur, um ein paar Utensilien, die ein Patient braucht, zu holen. Natürlich hätte Pitt auf ihre abermalige Rückkehr warten müssen, um sich von ihr zu verabschieden und sich für ihre Gastfreundschaft zu bedanken. Doch als er sah, wie sie sich, mit den großen Taschen an der Lenkstange, in der kraftlosen Anstrengung ihres schweren Körpers auf dem Rad gegen die leichte Steigung der Straße stemmte, als er an die aus Erschöpfung und Erregung kommende Schroffheit dachte, in der sie so knapp über den Zustand ihres Mannes sprach, hatte er mit Hilfe der Kusine sein Köfferchen gepackt. Die Ferien waren zu Ende. Nach den glücklichen Wochen wäre jede weitere Stunde zu einer Qual geworden.

Denn noch etwas war an diesem Vormittag geschehen. Ein Polizist war erschienen, der nach dem Onkel fragte und sich Notizen machte, als die Kusine über seine Erkrankung informiert hatte. Die Fragen der Kusine nach dem Zweck seines Besuchs wehrte er knapp ab. Er blieb im Vorgarten stehen, die Augustsonne spiegelte sich auf dem schwarzen Lack des Tschakos, vor dem der strahlende Stern mit dem Niedersachsenross im Wappen hell glänzte. Als er den Garten verließ, spähte Pitt nach der Helmwölbung, die den Hinterkopf bedeckte: müssten nicht Dunstwölkchen aus den Luftlöchern steigen, so heiß es war an diesem Tag? Die kluge Kusine glaubte den Grund der polizeilichen Neugierde zu kennen. Sie hatte ja, wie Pitt, die Vorwürfe der Tante wegen der versäumten Zahlung der Hundesteuer gehört, und so sagte sie, lachend: „Jetzt holen sie Vater ins Schuldgefängnis."

Pitt äußerte seine Vermutung nicht, denn er hätte sie begründen müssen. Er war sich sicher: der Polizist ist Purzels wegen gekommen. Nicht erst das Bild des springenden weißen Rosses im Helm hatte das Bild Purzels vor seinem Auge entstehen lassen. Kein Polizist kommt ins Haus, wenn ein Hund gestorben ist. Den Schutzmann nach Purzel zu fragen, hätte bedeutet, der Kusine gegenüber in Zweifel zu ziehen, was sie und Horst gestern von ihrem Vater gehört hatten. Nein, nicht die Hundesteuer: das war ja lächerlich. Seine erste Vermutung, als der Polizist die Pforte hinter sich zugeschlagen hatte: Es ist verboten, Tiere in einem Garten zu begraben. Das glaubte der kleine Tierschützer zu wissen: dafür gab es den Abdecker. Vielleicht hatte ein Passant oder ein Nachbar den Onkel beobachtet, als er Purzel begrub (Als Pitt nach Jahrzehnten den geliebten Hund seiner Frau im Vorgarten begrub, war er auch besorgt, vielleicht etwas Verbotenes zu tun, aber ihn freigeben zur stofflichen oder energetischen Verwertung?).

Als Pitt dem Polizisten bis zur Pforte gefolgt war und ihm nachblickte, als wollte er an seinem Gang oder seiner Haltung die Schwere des Vorwurfs ergründen, blitzte die Vermutung wieder auf, die er am Vorabend gehabt hatte. Der Onkel habe nicht die Wahrheit gesagt, aus welchem Grund auch immer: Purzel war umgebracht worden. Erschossen. Der Onkel in seiner Erschütterung war gestern Abend nur nicht in der Lage gewesen, ruhig über die Tat zu sprechen. Vielleicht hatte der Onkel gestern einen Gartennachbarn gebeten, bei der Polizei telefonisch die Untat anzuzeigen. Dass der Onkel gestern selbst auf der Wache gewesen sein konnte, glaubte Pitt nicht: dazu hätte ihm die Kraft gefehlt.

Von den Kaninchen konnte sich Pitt verabschieden, nicht von Purzel. Den kleinen Mädchen konnte er Auf Wiedersehen sagen, nicht Purzel. Am Nachmittag, so sagte er der Kusine, wolle er Horst in seiner Versicherung anrufen, um nach dem Befinden des Onkels zu fragen, von dem er sich nicht verabschieden konnte. Bei der Tante wollte er sich durch Horst entschuldigen lassen – aber sie würde dafür Verständnis haben, dass er sie an diesem Tag nicht mit dem Abschiednehmen behelligen wollte. Doch der Anruf würde einen Hauptzweck haben: Hatte Tante Wilma im Krankenhaus etwas über Purzels Tod erfahren?

Eine kummervolle Heimfahrt in den Straßenbahnen der Linien 1 und 5. In Limmer der Blick auf den Park, in dem in diesem Jahr die Kaninchenzüchter ihr fröhliches Sommerfest gefeiert hatten. Am Steintor der Fernblick auf den Klagesmarkt, auf dem er mit dem Onkel die spannende Versammlung mit dem Ollenhauer erlebt hatte. Am Bischofsholer Damm der Blick auf die altertümlichen Gemäuer der Tierärztlichen Hochschule, in denen sich der Onkel Ratschläge für Purzels Wohlergehen geholt hatte.

Niederdrückend war das Gefühl, nein, die Gewissheit: eine richtige Rückkehr in die Großen Ferien würde es nicht geben. Vielleicht ein paar Tage im Sommer: er wusste nicht, wie viele Urlaubstage einem Lehrling zustehen. War nicht Purzel der Grund dafür gewesen, sich nach den Wochen im großen Garten zu sehnen? Freundlich und väterlich ist der Onkel immer gewesen, fürsorglich und warmherzig die oft so harsche Tante: aber einen Elternersatz brauchte er sicher nicht, wenn er auch im Onkel einen willkommenen, geschätzten Stellvertretervater sah. Aber einen Freund wie Purzel konnte er nur in den Großen Ferien finden. Purzel und Pitt, das war ein bisschen wie mit Michael, dem Bruder Jerrys, und dem Schiffssteward Dag Draughty (der ihm allerdings weit voraus war in der Dressur des mathematisch und musikalisch begabten irischen Terriers).

Dem Onkel ging es nicht gut, Horsts Stimme klang besorgt. Die Tante war den ganzen Tag im Siloah gewesen, und sie hatte andere Gedanken gehabt, als mit ihrem Mann über den Tod des Hundes zu sprechen. Pitt, dem Purzels Tod nicht eine Minute aus dem Sinn gegangen war, gab dem Vetter einen Rat, den er schon bereute, als er ihn ausgesprochen hatte. „Vielleicht ist es gut für Onkel Ludwig, wenn er mit deiner Mutter über Purzel spricht." Der Vater sei bei vollem Bewusstsein, sagte Horst, aber dennoch unter dem Einfluss krampflösender Mittel nicht ansprechbar. Pitt hatte den Verdacht – aber der war ebenso anmaßend wie sein Ratschlag –, der Onkel wolle nicht reden. Der Tod Purzels war für ihn ein Schock, der Schock durch ein grässliches Unglück. Durch einen feigen Mord. Diesen Gedanken sprach er aber nicht aus.

Zehn Tage lang war der Onkel im Siloah. Kaum war er wieder zuhause, sagte Horst, sei der Schutzmann wieder erschienen. Weder die Tante noch ihn wollte der Vater während des Gesprächs mit der Polizei bei sich haben. Trotz seiner anhaltenden Erregung über Purzels Tod, trotz seiner körperlichen Schwäche habe er die Unterredung mit dem Polizisten nicht verschieben wollen, obwohl man ihm das angeboten habe. Die Hundesteuer? Ein vielleicht unerlaubtes Begräbnis? Jetzt endlich, nach dem

Gespräch mit dem Polizisten, habe der Vater die Kraft gefunden, über den Tod Purzels zu sprechen. Ein Bewohner des Nachbarhauses habe der Polizei berichtet, er habe von seinem Balkon aus beobachtet, dass der Herr Heinse seinen Hund unter einem Birnbaum, direkt am Zaun zum Nachbargrundstück, begraben habe. Das sei, habe der Augenzeuge geklagt, nicht erlaubt und nicht zumutbar.

Ehe Pitt sein „Ich hab's gewusst!" rufen konnte, hatte Horst berichtet, was sein Vater dem Polizisten gesagt hatte. Purzel war erschlagen worden. Der Vater war mittags mit seinem Rad zu einem Klubfreund nach Davenstedt gefahren, um mit ihm über die Sorge mit seinen Kaninchen zu sprechen, er habe Purzel nicht mitnehmen wollen und ihn eingesperrt in das Gartenhaus. Bei seiner Rückkehr am späten Nachmittag habe er es aufgebrochen gefunden – und Purzel in seinem Blut. Ein Spaten sei das Mordwerkzeug gewesen. Der Onkel habe alle im Haus gebeten, Pitt nichts über den grässlichen Tod seines Freundes zu sagen, und das sei auch der Wunsch der Tante gewesen. Die kluge Kusine war Pitts Fürsprecherin in seiner schmerzenden Wissbegierde gewesen: Er sei erwachsen genug, um zu erfahren, wie grausam Menschen sein können. Es wäre auch nicht weniger grausam gewesen, Purzel wäre erschossen worden. Und wahrscheinlich wüsste er, dass man mit einem Luftgewehr einen Hund schwerlich töten könne. Und dass Purzel an Altersschwäche gestorben sei, habe er sowieso nicht geglaubt. Ja, das war richtig. Das hatte er nie geglaubt.

Und der Einbruch? Pitt hatte vergessen, nach ihm zu fragen, erfuhr aber bei seinem nächsten Anruf aus der Telefonzelle im Dorf, dass die Laden des Schrankes und des Tisches durchwühlt worden seien. Wahrscheinlich habe der Täter nach der Obstkasse gesucht. Jeder in der Umgebung wusste ja von den nicht unbeträchtlichen Umsätzen im Heinseschen Gartenobsthandel.

Gern hätte Pitt seinem Onkel wieder einen Brief geschrieben. Aber wie hätte er den Onkel trösten können mit Worten über ein Geschehen, das vor ihm verborgen sein sollte? Gern hätte er sich von seinen älteren Brüdern das Fahrrad geliehen, um nach Limmer zu fahren. Aber wie hätte er mit dem Onkel sprechen können, ohne zu verraten, dass er über das von ihm verordnete barmherzige Schweigen informiert sei? So erwachsen war Pitt noch nicht, dass er in der Lage gewesen wäre, mit Menschen ein Gespräch zu führen, dessen Boden eine Täuschung war.

Und er war auch noch nicht erwachsen genug, um in all seiner Bestürzung seine Neugier, die sich aufs simpel Sachliche richtete, unterdrücken zu können. Er hatte den Cousin gefragt: „Musste dein Vater jetzt noch die Hundesteuer bezahlen?" Eine beschämend peinliche Frage, aber Pitt war während des Gesprächs mit seinem Cousin nicht vom Anblick des grauenvoll zertrümmerten Schädels seines Freundes losgekommen, und er hatte sich gefragt, ob der Onkel das Halsband mit der Hundemarke an sich genommen habe. Irgendwann, hatte er gedacht, würde er den Onkel bitten, ihm die Marke als Andenken an seinen Freund zu überlassen. Purzel war im Kampf gegen einen Verbrecher gefallen. Den gefallenen Soldaten werden die Erkennungsmarken, die von den Soldaten Hundemarken genannt werden, abgenommen, jedenfalls zur Hälfte – das hatte er von seinen Schulkameraden gehört, wenn sie über die Heldentaten ihrer toten Kriegsväter gesprochen haben.

15

Dass der Onkel die Einladung zu seiner Konfirmation nicht angenommen hatte, wurde von der Tante mit seiner Kränklichkeit entschuldigt. Der Vetter Horst meinte, das kirchliche Ritual sei ihm zuwider. Pitt jedoch vermutete, der Onkel wolle mit ihm nicht über Purzel sprechen, über dessen Todesursache er ihn nicht informiert hatte – was ihm ja wohl peinlich sein müsse gegenüber einem jetzt erwachsenen jungen Mann. Am Silvesterabend, zu dem seine Mutter den Onkel und die Tante eingeladen hatte, die zischelnden Begrüßungsworte der Tante an seinem Ohr: „Kein Wort über Purzel".

Er war beim Anblick des Onkels erschrocken gewesen. Eingefallen waren seine Wangen, wie brannten die Augen unter der von Aderschlangen gerahmten Stirn, wie lang und hager streckte sich ihm die Hand entgegen. Erst nach Mitternacht, als die zweite Bowle im dickbauchigen Kristall auf dem Tisch gestanden hatte, war Pitt das erste Lachen in seinem Gesicht aufgefallen, ja, er wurde – auf seine Art – fidel, und zu noch späterer Stunde sang er ein Lied, das Pitt auf der Wiese der Naturfreunde gehört zu haben glaubte. Vor seinem Neffen aber war er auf der Flucht. Sobald ein Wortwechsel das Maß von vier, fünf Wörtern überstieg, verließ er seinen Stuhl oder er wandte sich, nicht sprechend, sondern lauschend, quer über den Tisch einem anderen zu. Nur nicht von Purzel reden!

Die älteste Schwester seines Vaters hatte dem Neffen zur Konfirmation ein Fahrrad geschenkt, ein grün lackiertes Tourenrad in überwältigend eleganter Erscheinung. Mit ihm würde er jeden Tag an die Leine radeln, nicht zu irgendeinem Lehrherren, wie er lange erwartet hatte, sondern zur städtischen Handelsschule, wo er den Grundstein für eine kaufmännische Karriere legen wollte. (Sein früherer Mitschüler Ehrenfried Müller, der in Pitts Recherche eine wichtige Rolle gespielt hat, zitierte in einer 50-Jahr-Feier der Handelsschule ein paar Verse Pitts, die der für die Abschlussparty geschrieben hatte: „Nun zeigt nur tapfer eure Zähne, ihr jungen Wirtschaftskapitäne! Und sollt' es nicht gelingen, weil alles danach rennt, die Spitze zu erringen, so doch das Steuermannspatent.").

Die Handelsschule, ein trutziger grauer Quader, lag an einem Leinebogen in der Calenberger Neustadt, und von dort aus konnte Pitt, der Leine folgend, bequem nach Limmer radeln. Dennoch machte er die kleine Reise selten. Er war eingetaucht in eine neue Welt, in eine städtische mit ihren vielen Anziehungspunkten, die mit dem Rad leicht zu erreichen waren, er war verstrickt in die Verabredungen mit Mitschülern, von denen viele in städtischen Quartieren wohnten, er war konfrontiert mit einem Lernstoff, der seine spröden fremdartigen, erst langsam vertraut werdenden Züge hatte, und es hatte sich ihm eine thematisch neue Lesewelt erschlossen, die im Zeitkonsum anspruchsvoller war als die frühere. Sein Interesse am großen Garten des Onkels war erkaltet. Es ist oft so, dass auch unser Interesse an Menschen schwächer wird, wenn die Attraktionen, die sich mit ihnen verbinden, ihre magnetische Kraft verlieren.

Doch die Erinnerung an Purzel war immer da. Sie quälte ihn. Wenn ein Wesen nur körperlich in einem Nichts verschwindet, doch in einem geistigen Gespinst von Vermutungen, Verdächtigungen, Ungewissheiten ein unsichtbares Leben führt, dann ist es gegenwärtig. Wenn Pitt an den großen Garten dachte und wenn wieder einmal der Wunsch heranreifte, ihn zu besuchen, dann gab es nur das unbekannte Ziel: Purzels Grab. Aber es gab auch das strenge Gebot der Tante Wilma, das von ihr bei seiner ersten Radtour nach Limmer mit ernsten Worten bekräftigt wurde: „Kein Wort über Purzel". Diese Mahnung war so bedeutungsvoll gesprochen, als sei jedes Wort über Purzel eine Giftspritze, die augenblicklich die Gesundheit des Onkels zerstören würde.

Ja, sah der Onkel denn nicht, dass Pitt bei seinem Kurzbesuch im großen Garten seine Augen wie ein fährtensuchender Indianer am Boden hielt, er mit schiefem Kopf nach Unebenheiten im Boden spähte, er die Platten auf den Wegen zwischen den Beeten wippend auf Stabilität prüfte, die Graswülste an den Wurzeln der Obstbäume mit der Fußspitze auf ihren Widerstand testete. Die Hoffnung, irgendwo im Garten einen kleinen Stein zu finden, auf dem, vielleicht in winziger Schrift, der Name „Purzel" stand, hatte er längst aufgegeben.

Und das war ihm aufgefallen: bei mehreren Besuchen hatte der Onkel ihn bedrängt, mit ihm den Garten zu verlassen, wenn er für eine Weile abwesend war. Er gab ihm auch nicht den Schlüssel, wenn er bei einer Verabredung mit seinem Rad früher als der Onkel mit seinem Handwagen am Garten hätte sein können. Hatte der Onkel einmal beobachtet, dass sein Gast in allzu unauffälliger Neugier in der Hütte herumgekramt hatte? Ja, Pitt wollte Purzels Halsband finden und – in einem Glücksfall – die Hundemarke dazu.

Mit seinem Fahrrad gab es für Pitt keinen Vorwand, im Heinseschen Haus in Limmer zu übernachten. So kam es auch nur selten zu einem zwanglosen Gespräch, in dem vielleicht das Schweigegebot in einer spontanen Bemerkung oder oberflächlichen Frage hätte gelockert werden können. Nur eine war da, die ihn laut fragte: „Na, Junge, vermisst du deinen Purzel nicht?". Natürlich hätte er die Frage der Großmutter nickend beantworten können, aber er brüllte geradezu in ihr Hörrohr: „Ja!"

Die alte Frau war, wie die Tante sagte, zunehmend „klapprig" geworden, und sie wurde jetzt regelmäßig von ihrer in der Nähe wohnenden Tochter besucht, die Pitt überraschend jung vorkam als Schwester eines doch alten Mannes. Sie sprach einmal davon, Purzel sei „überfahren" worden. Offenbar hatte niemand im Haus mit ihr gesprochen, und auch in das Hörrohr der Seniorin hatte offenbar niemand den Hergang der Tragödie geblasen.

Die Schweigsamkeit des Onkels war ja nicht weit entfernt von seiner gewöhnlichen Wortkargheit. Selbst wenn Pitt den Mut aufgebracht hätte, ihn schnurstracks auf Purzels Tragödie anzusprechen und das von der Tante aufgerichtete Tabu umzustürzen, hätte der Onkel sich grummelnd abgewendet, und das hätte gar nicht einmal als Zeugnisverweigerung gedeutet werden können. Warum nur, fragte sich Pitt oft, soll ich nicht darnach fragen dürfen, ob die Polizei Fortschritte auf der Suche nach dem herzlosen Doppeltäter, dem Einbrecher und dem Mörder, gemacht hatte?

Die kluge Kusine hatte Pitt als verständnisvolle, stets lachbereite Gesprächspartnerin verloren. Sie war wieder berufstätig geworden, und als Erzieherin hatte sie einigermaßen komfortable Möglichkeiten, ihre beiden kleinen Mädchen während der Arbeit zu umsorgen. Wenn Pitt auf ein Gespräch mit ihr hoffen wollte, musste er über den Berg ihrer häuslichen Arbeit hinwegschauen, und das beflügelte keinen Austausch in Neugier und – einseitig – Lebensklugheit.

Er ahnte, dass die Kusine über den Stand der polizeilichen Ermittlungen informiert war, wenn sie auch sagte, der Fall sei für die Polizei eine Bagatelle und die Ermittlungen seien längst eingestellt. Er vertraute ihr, aber ein kleiner Zweifel blieb: wenn das alles so glatt ergebnislos gelaufen wäre, hätte ja auch der Onkel einmal ein Wort darüber verlieren können. Als er sich einmal seinem Cousin gegenüber verwundert – oder gar vorwurfsvoll? – darüber äußerte, dass alle Heinses über das traurige Schicksal Purzels so oberflächlich-vergesslich hinweggegangen seien, sagte der offen: außer dem Vater vermisste ihn keiner, am wenigsten die Mutter. Im Winter hätte Pitt diese Ehrlichkeit noch als grausam empfunden, jetzt stimmte sie ihn nur noch nachdenklich.

16
Wieder einmal stöberte Pitt – nicht nur neugierig wie immer, sondern auf der Suche nach Purzels Spuren – in den Kramschätzen des Gartenhauses, in dem der Onkel, wie alle Gartenfreunde, massenhaft Nützliches und Abgelegtes hortete. Auf einem breiten Bord, auf dem allerlei Tüten und Etiketten von Sämereien lagerten, fand er das Buch, das er im großen Garten gelesen und offenbar, weil niemals gemahnt, dort liegengelassen hatte. Er nahm den roten Leinenband mit seiner vornehmen Goldprägung in die Hand und blätterte in ihm. Die Eselsohren auf vielen Seiten ließen ihn stutzen: er war nie dieser Unart verfallen, Seiten als Lese- oder Merkzeichen zu knicken, nicht in den wenigen eigenen und schon gar nicht in den Büchern aus der städtischen oder privaten Leibbibliothek, denn jede Seite war für ihn ein Dokument, das eigentlich unter Glas gehörte. Es gab nur eine Erklärung für diese

Unart: der Onkel hatte im Buch gelesen, beim zweiten Frühstück, beim Ausruhen, wer weiß, jedenfalls in vielen kleineren oder größeren Abständen, und er hatte jedes Mal sein Lesezeichen geknifft, ja, ein Bändchen hatte das Buch nicht. Der Onkel musste in Londons Hundegeschichten gelesen haben, auch wenn sein Held, der Michael, ein irischer Terrier ist, und obwohl der Autor ihn mit einem Charakterbild ausstattet, unter dem ein Foxterrier sich blass ausnimmt.

Pitt konnte sich an seine Lektüre lebhaft erinnern (ja, noch heute kann er das: ist es nicht eine Freude, sich an Bücher der Frühe zu erinnern, wenn man ermattet ist im Wirbel der immer wieder sensationellen Neuerscheinungen, deren Titel schon nach zwei Wochen vergessen sind, trotz Talkshows, Literarischem Quartett und massenhaften witzigen Checks in Autoreninterviews?)

Zum zweiten Mal nach Purzels Tod war Pitt jetzt im Gartenhaus. Hatte der Onkel den Spaten, mit dem der Mörder Purzel erschlagen hatte, fortgeworfen, oder hatte er ihn poliert, wie alle die Geräte, die sauber und akkurat an ihren Haken hingen? Der Boden des Gartenhauses, ein einfacher grobkörniger Estrich, war offenbar frisch mit einer grauen Farbe gestrichen worden. Schien sich nicht eine Schattenspur von Purzels Blut unter ihr abzuzeichnen?

Als Pitt sich an diesem Nachmittag von seinem Onkel im großen Garten verabschiedete, sagte er leichthin, das Buch schon unter dem Arm: „Onkel Ludwig, darf ich das Buch mitnehmen? Ich habe schon darin gelesen, vor drei Jahren, aber bis zum Ende habe ich es nicht geschafft. Ich bringe es beim nächsten Besuch wieder mit."

Der Onkel nahm das Buch in die Hand und betrachte es, als sähe er es zum ersten Mal. „Das gehört Horst", sagte er.

„Muss ich ihn fragen?"

„Vielleicht liest er ja gerade darin."

Ja nicht von Purzel sprechen! Jetzt hätte sich eine Chance geboten, lachend zu sagen: „Ein spannendes Buch! Der Michael ist ein Terrier. Ich habe ihn immer mit Purzel verglichen, wenn ich in dem Buch gelesen habe." Und wenn der Onkel nicht verstimmt, nicht abwehrend reagieren würde, nicht unwirsch das Buch auf den Tisch legte, sondern eine Spur von Aufmerksamkeit zeigen würde, die eine enthusiastische Empfehlung auslösen könnte, dann hätte er sagen können: „Willst du es nicht einmal lesen?" Und die Wunschantwort wäre gewesen: „Ja, das habe ich ja schon."

Der Onkel sagte: „Lass das Buch man liegen, Horst wird es vermissen."

Noch auf der Heimfahrt, die ihn über den Ägidientorplatz führte, machte er Halt an der nahen Stadtbibliothek, in der er Stammkunde war. Er fand das Buch, eine Ausgabe der Büchergilde Gutenberg, das in seiner prägnanten Erscheinung der älteren Ausgabe ähnelte. Aber lieber hätte er das Buch mit den Eselsohren gehabt: vielleicht war jedes von ihnen ja das Symbol eines besonderen, eines hochpersönlichen Interesses, das einer Seite entgegengebracht wurde – das was heutzutage die Markierung auf einer Seite des E-Books ist. Er bedauerte, im Gartenhaus nicht nach dem Metzgerbleistift gegriffen zu haben, der auf dem Tisch lag: er hätte sich die Seitenzahlen notieren sollen!

Ach, die steinzeitliche Medienwelt! Einer musste schon sehr gute Beziehungen in die Geschäftswelt haben, um sich Fotokopien von wichtigen Buchseiten leisten zu können. Doch Pitt musste ohnehin auf seiner häuslichen hohen Kastenschreibmaschine mit den ewig klemmenden Buchstaben sein neues Alphabet auf den Glastasten lernen (doch der Unterricht in der Handelsschule lief schon auf den eleganten Olivetti-Maschinen), und so war es ein gutes Training, Seiten aus dem Michael-Buch, das er ja bald wieder zurückgeben musste, abzuschreiben, jedenfalls die Seiten, von denen Pitt meinte, sie könnten den Onkel besonders interessiert haben, Seiten auch, die Pitt in eine tiefe Nachdenklichkeit gestürzt hatten. Wir lesen ein Buch nach bestimmten Ereignissen mit anderen Augen, mit einem anderen Sensorium, als vor ihnen.

Eine hohe Meinung hatte Jack London nicht von den Foxterriern, die ihm allzu oft in „nervösen, hysterischen Anfällen" aufbrausten, dagegen lobte er „Selbstbeherrschung und Selbstzucht" der irischen Terrier, die wie „Löwen" zu kämpfen pflegten. Wütend hatte Pitt Purzel manchmal erlebt, auch durchaus löwenherzig, wenn er in den Kampf mit Artgenossen ging. Ob die gelegentliche Wut eines Foxterriers weniger rüdenhaft sein könnte als die eines irischen Terriers, konnte Pitt nicht beurteilen, aber er meinte doch, das Kampfverhalten des letzteren auf die ganze Terrierrasse übertragen zu können. Und wenn Michael, der von seinem zeitweiligen Herrn, einem Schiffssteward, Killeny-Boy genannt wird, dem als feindselig empfundenen Kapitän „an die Kehle" geht (dabei aber nur die Krawatte zu fassen kriegt und sie zerreißt), wenn er seine Zähne in Leinenhose und Schulter schlägt, wenn er sie „mit Wildheit in einen runden Schenkel" bohrt, dann musste Pitt Purzel, einem Geschöpf aus einer verwandten Rasse, ein ähnliches Kampftalent zutrauen.

Immer mehr festigte sich seine Überzeugung, dass Purzel seinen Mörder gekannt haben muss. Der Einbrecher wird ja das Türschloss nicht im Nu geknackt haben, sein Kommen war durch Geräusche angekündigt: musste Purzel nicht wie eine Wand aus Wut und Widerstand hinter der Tür gestanden haben, die Lefzen schon hochgezogen über die Zähne? Hätte sein Knurren oder Bellen nicht abschreckend auf den Eindringling wirken müssen? Und dann, als die Tür geöffnet wurde – ein Sprung an die Kehle! Oder die Hosenbeine zerrissen, noch ehe der Einbrecher nach einem Spaten greifen konnte. Und er musste ja auch eine gewisse Distanz zwischen sich und den bissigen Verteidiger legen, um mit dem Spaten kraftvoll ausholen zu können.

Jack London erzählt, dass Michael, nachdem sein Herr, der Steward, der „weiße Gott", in San Franzisco in ein Pesthaus eingewiesen worden war, in die Hände eines Hundedresseurs geriet, der seine zirzensischen Talente kannte. Er folgte dem neuen Herrn, Del Mar, weil er immer noch auf der Suche nach dem alten Herrn war, folgte ihm widerspruchslos, denn er hatte die Erinnerung, ihn schon einmal in der Gesellschaft des Stewards getroffen zu haben – „es hatte Freundschaft zwischen ihm und dem Steward geherrscht, denn sie hatten am selben Tische gesessen und miteinander getrunken." Vertrauen stiftende Kommunion! Zu dritt – nämlich der Steward, Del Mar und Michael – hatten sie an einem Tisch gesessen, und was schon einmal geschah, könnte noch einmal geschehen. Auch Purzel war an diesem Nachmittag, in der ungewohnten Isolation in der Hütte, ratlos auf der Suche nach seinem Herrn gewesen, und jetzt erschien ein Bekannter, ein Mittelsmann sozusagen, der ihn zu seinem Herrn führen würde. Vertrauen macht wehrlos. Jack London, Pitts Gewährsmann für seine Theorie, zweifelt selbst ein wenig daran, ob Hunde zu solchen logischen Operationen fähig seien, aber für unmöglich will er sie nicht halten. Auch Pitt wollte das nicht.

Er marterte sein Hirn. Oft hatte der Onkel Besucher in seinem Garten nicht empfangen, und noch seltener hatte er – bei einer Flasche Apfelsaft – mit Gästen in seiner Hütte gesessen. Das waren mal Klubfreunde von den Natur- oder Kaninchenfreunden, mal ein Nachbar aus Limmer, der sich seine Beeren selbst abholte, mal ein Freund, der ihm bei Handwerksarbeiten im Garten half, ja, Verwandte aus der Sippe seiner Frau, auch einen Bewohner des Nachbarhauses hatte Pitt schon einmal im Garten gesehen. Er müsste die kluge Kusine nach den Namen fragen, denn sie lebte ja nach der Devise „Ich bin nicht neugierig, aber ich will alles wissen". Ihr Mann, der Horst, werde ihm auch helfen können. Den Onkel fragen? Das hätte er viele Male im Lauf der Jahre tun können, jetzt war das nicht mehr möglich.

Verdächtigungen können so absurd sein, dass man sich scheut, mit irgendjemand über sie zu sprechen. Wer von den Bekannten des Onkels könnte es auf die Obstkasse abgesehen haben? – das wäre ja so, als ob ein Bankräuber, der sich seinen Weg zum Tresor freischießt, mit der Portokasse getürmt wäre.

Und doch.

Oder hatte Purzel mannhaft gegen den Eindringling gekämpft und hatte der nach der Tat alle Spuren des Kampfes sorgfältig verwischt, um Fahnder überhaupt nicht auf die Idee zu bringen, nach einem Verletzten Ausschau zu halten?. War nicht auch die zeitliche Nähe zwischen der Mahnung der Stadtkasse wegen der Hundesteuer und dem Mord auffällig? Wenn der Onkel neben den an diesem Tag zufälligen Einnahmen aus Obstverkäufen auch noch die zwanzig Mark für die Hundesteuer in der Tischschublade aufbewahrt hätte, könnte diese Summe doch ein starkes Motiv für einen Mord gewesen sein.

Im Herbst fand Pitt den Mut zu einem Versuch, mit dem Onkel über seine Überlegungen zu sprechen. Er hatte oben auf der Leiter in der Krone des Boskop und der Onkel hatte sichernd am Fuß der Leiter gestanden und den abgeseilten Obstkorb in Empfang genommen, den Pitt für seine Mutter gefüllt hatte. Ohne Blickkontakt, als sei die Tat vor wenigen Tagen geschehen und als habe sie in keinem der Beteiligten eine Emotion hervorgerufen, rief Pitt hinunter: „Onkel Ludwig, hast du mal darüber nachgedacht, ob Purzel den Einbrecher gekannt haben könnte? Er muss ihn doch reingelassen haben in die Hütte." Der Onkel hatte den Korb genommen und ihn hinübergetragen zu Pitts Fahrrad und ihn umständlich sorgfältig auf dem Gepäckträger befestigt. Auch beim Abschied hatte er sich nicht zu Pitts Vermutung geäußert. Hatte Pitt sein Kopfschütteln nicht wahrnehmen können?

17

In der Handelsschule war Pitt zu einem kleinen Buchhalter geworden. Er liebte das: die Verbuchung imaginärer Geschäftsvorfälle auf imaginären Aufwands- und Ertragskonten und deren Zusammenführung in einer imaginären Bilanz, in der er immer ein Kunstwerk gesehen hat.

Als er später in den phantastischen Wilhelm-Meister-Romanen von Goethes Entzücken über die Segnungen der doppelten Buchführung gelesen hatte, hat er den Plan gefasst, ein Buch über Goethe als Manager zu schreiben. Was ist ein Manager anderes als ein Künstler im Reich der Möglichkeiten, wie jeder andere Künstler auch, hatte er gedacht.

Von allen Schulaufgaben waren ihm die Buchungen die fröhlichsten, von allen spielerischen Problemlösungen war ihm die Architektur der Konten die spannendste: wenn man alles richtig entschieden, alle Geschäftsvorfälle in ihrem Wesen erkannt hatte und sie alle den richtigen Konten zugeordnet hatte, wenn man auch keine Rechenfehler gemacht hatte, verbanden sich alle Schritte zu einem klaren Saldo, der in der ewigen unbeweglichen Waage der Bilanz ein Gewinn oder ein Verlust sein konnte. Keine Note musste diskutiert, konnte reklamiert werden, nirgendwo Willkür, der Prüfer setzte sein Häkchen: richtig oder falsch. Wo gibt es das: Das Resultat einer Konzeption in einem einzigen Ausdruck vor Augen zu haben? Leider ist Pitt kein Buchhalter geworden. Er war immer nur Zaungast im großen Business, allerdings ein recht scharfäugiger, der in die Kluft zwischen Soll und Ist wie in einen Abgrund des Schreckens sah.

Er sitzt heute in dem gemütlichen Hotel am Benther Berg. Er ist soeben von der Beisetzung der klugen Kusine zurückgekommen. Sie ist im hohen Alter von 85 Jahren gestorben. Wie, hast du immer noch keinen Namen für deine kluge Kusine gefunden? Was soll der Name? In Pitts Geschichte spielte sie die Rolle einer hübschen, lebhaften, klugen Frau, der Pitt dankbar verbunden ist, weil sie ihn schon als Knaben in vernünftige Gespräche hineingezogen hat. Er hat viel von der klugen Kusine gelernt, und manchmal hat er sich, aufgewachsen mit drei Brüdern, gewünscht, eine Schwester von ihrem Format gehabt zu haben.

Sie hat nach dem Tode ihres Mannes zehn Jahre allein in dem Haus in Limmer gewohnt. Ihre Töchter hatten ihre eigenen Häuser. Sie kannte in groben Zügen ihre Einkommens- und Vermögensverhältnisse, wusste was ihre Häuser gekostet haben und wie sie finanziert wurden. Sie hatte oft mit dem Gedanken gespielt, das Haus, das ihren Schwiegereltern zum Gefängnis geworden war, zu verkaufen, und ein Anreiz, es zu tun, war der Gedanke gewesen, ihren Töchtern zu helfen, die Häuser ihrer Familien finanzieren zu helfen. Doch das war nicht nötig.

Als Ludwig Heinse Mitte der fünfziger Jahre starb, hinterließ er seine Frau mittellos, mit den Resten seiner kleinen Invalidenrente und einem Haus, auf dem immer noch eine Hypothek lastete. Die uralte Frau Heinse lebte immer noch auf dem Polster ihres lebenslänglichen Wohnrechts in den Paraderäumen. Die jungen Heinses zahlten ihrer Mutter eine Miete, für die sie sich auch eine komfortable Drei-Zimmer-Wohnung hätten leisten können.

„Irgendwie", sagte die kluge Kusine, „hat sich auch der Horst in den Hausalbtraum seines Vaters einsperren lassen. Und irgendwie habe ich wie meine Schwiegermutter in einer halben Sache gelebt." Doch Geldnot habe sie in ihrer Ehe nicht erlebt, und alles sei erträglich, wenn nicht ewiger Geldmangel drücke. „Kein Geld – das macht alles klein und eng. Das macht auch die Menschen klein und eng." Das hatte sie einmal gesagt, als sie mit Pitt, der schon eine Weile die Handelsschule besucht hatte, über die finanziellen Verhältnisse ihrer Schwiegereltern gesprochen hatte.

Im Heineseschen Haus sorgten die doppelt gespannten Beziehungen zu Schwiegermüttern für Unruhewellen. In der häuslichen Hierarchie der drei Heinsefrauen hatte die Tante Wilma es am schwersten, ihre natürlichen Interessen zu behaupten, und deshalb hatte die kluge Kusine für ihre Schwiegermutter viel Verständnis. Hatte sich der Ludwig von seinem Haus in ein Gefängnis sperren lassen, so war die Wilma gleichsam mitverhaftet worden. Als Ludwig Heinses Vater das Haus auf den Sohn übertrug, musste seine Schwiegertochter die Mithaftung für die finanzielle Befriedigung der fünf Miterben, der Geschwister Ludwigs, übernehmen, und im Grunde finanzierte sie durch ihre Entbehrungen auch das Altenteil ihrer Schwiegermutter.

Pitt war erstaunt zu hören, dass der Wert des stattlichen Hauses – wenn es auch nur eine Doppelhaushälfte war – unmittelbar nach dem Krieg auf 16000 Reichsmark taxiert war. Die Hypothek, beginnend mit dem Bau des Hauses vor zwanzig Jahren, lief bei einer Tilgung von einem Prozent und einem Zins von einem Prozent über ein halbes Jahrhundert. Die kluge Kusine musste dem Handelsschüler diese unendliche Perspektive nicht erklären: bei einem so niedrigen Zinssatz fließen in die jährliche Tilgung nur sehr geringe Anteile aus ersparten Zinsen, so dass der jährliche Tilgungsbetrag nur sehr langsam ansteigt. Es standen nach dem Krieg immer noch runde 13000 Reichsmark in den Büchern, so dass an die Miterben insgesamt nur 3000 Reichsmark auszuzahlen waren. Der Onkel musste in zehn Jahren im Abstand von zwei

Jahren je 600 Mark an seine Geschwister zahlen. Bis 1955 Die Forderungen der Geschwister, die nach der Währungsreform noch zu begleichen waren, sind – was Pitt nicht verstand – nicht abgewertet worden. 1955 die letzten sechshundert Mark. In diesem Jahr ist Ludwig Heinse gestorben.

Die Tante hatte das frühe Lebensende ihres Mannes immer vor Augen. Wenn er in seiner chronischen Krankheit nicht diesen zähen Lebenswillen, wenn er in seiner Schwäche nicht diese Bereitschaft gehabt hätte, für den Lebensunterhalt zu kämpfen – seine Frau hätte die finanziellen Lasten, für die sie haftete, allein nicht tragen können. Hätte sie das Haus mit dem lebenslänglichen Wohnrecht einer zur Unsterblichkeit neigenden Schwiegermutter überhaupt zu einem Preis verkaufen können, der die Restschuld abdeckte? „Horst und ich hätten ihr das Haus nicht abkaufen können, so viel haben wir nicht verdient in den ersten Jahren unserer Ehe, mit zwei Kindern." Und die Restschuld aus der Hypothek war nach der Währungsreform noch auf 7500 DM festgeschrieben worden. Für eine Rentnerin mit Minirente wäre so ein Haus einer Villa in der Südstadt zu vergleichen.

Die monatliche Rate, die von Onkel Ludwig zu leisten war und die von der Tante „geerbt" worden wäre, lag nur bei 12 Mark. Dazu kamen aber monatliche rechnerische Sparraten von 25 Mark für die im Abstand von zwei Jahren fällig werdenden Zahlungen an die Miterben. Die monatliche Belastung von 37 Mark lag deutlich über dem Betrag, den Pitts Mutter sich in ihrem Mietbuch quittieren ließ. Aber seine Mutter, die Witwe, so vermutete Pitt, hatte mit ihren Renten aus der Sozialversicherung und den Kriegsversorgungsrenten für sich und vier Kinder ganz gewiss ein höheres Einkommen als der Onkel, und sie wäre ein Krösus gewesen neben ihrer verwitweten Schwester Wilma.

Als der Onkel gestorben war, erfuhr Pitt von der klugen Kusine, dass Wilma Heinse schon lange vor seinem Tod der Plackerei im großen Garten ein Ende setzen wollte. Sie war die Pfennighökerei mit Beeren, Gemüse und Obst leid, und sie fürchtete, ihr Mann könne sich in seinem Garten zu Tode rackern. Zum ersten Mal wurde Pitt klar, dass sein Gartenparadies nur gegen eine Pacht zu haben war. Die Summe, die an eine kirchliche Vermögensverwaltung im Calenberger Land floss, kannte die kluge Kusine nicht, aber sie hatte oft das bitter resignierende Wort ihrer Schwiegermutter gehört: „Der Garten rechnet sich hinten und vorne nicht." Und den Wert ihrer Arbeit – ihre Wertschöpfung, wie der naseweise Handelsschüler wusste – hatte sie dabei vernachlässigt. Hielt der Onkel den Garten vielleicht nur, weil er eine Futterbasis für seine Kaninchenzucht brauchte? Weil er nicht nur ein Gefangener seines Hauses, sondern auch ein Knecht seiner Karnickel war?

„Du musst das verstehen, wenn deine Tante oft so unzufrieden war. Sie hatte es nicht leicht. Und sie konnte sagen was sie wollte, ihr Mann blieb stur. Seine Mutter ist nur taub, er aber war harthörig."

Musste der Onkel vielleicht auch für seinem Züchterverband zahlen? – Beiträge, Umlagen für die Ausstellungen und für die Preiskrönungen vielleicht. Die kluge Kusine meinte, er könne seine Kosten sicherlich nicht durch den Verkauf einzelner Zuchttiere decken. Wahrscheinlich erlöste die Tante aus ihrem Hühnerhof mehr als der Onkel aus seinen Kaninchenställen. „Und das Futter für die

Schweine, früher?" hatte Pitt gerufen, „die Bohnen, die Erbsen, der Salat, die Kartoffeln, der Kohl – ist denn das gar nichts wert gewesen?" Er empfand einen Zwang, die Existenz seines Paradiesgartens ökonomisch rechtfertigen zu müssen. Nicht seine Früchte waren das Problem, nicht die wundervollen Ernteerträge, nicht die Pracht der Äpfel und der Duft der Himbeeren waren das Problem, das Problem war das Geld. Das Bargeld (von dem die Mutter sagte, sie könne es sich nicht aus den Rippen schneiden). Ein Bauer kann auf vierzig Hektar Land sitzen, hatte Pitt in der Handelsschule gelernt, und doch kein Geld für die Reparatur des Hanomags haben.

Da er sich mit Hilfe seiner Schreibmaschine – oh, wie liebte er seine Continental! – als Sekretär eines Handlungsreisenden verdingt hatte, die Korrespondenz mit Rechtsanwälten nach stenografischem Diktat erledigen konnte (was ihm auch tiefe Einblicke in die Kompliziertheit scheiternden ehelichen Lebens verschaffte) und durch seine buchhalterischen Künste auch befähigt war, Spesen abzurechen und Belege fürs Finanzamt zu ordnen, verdiente er Geld. Er war sehr stolz, als er seine kluge Kusine ins Lili-Kino, in die Limmer-Lichtspiele, einladen konnte, mehrere Male, und selbstverständlich konnte er auch ein Eis spendieren. Cousin Horst, der die Kinder hütete, musste auf den spendablen Kavalier nicht eifersüchtig sein.

Den Film „Heimatland", der abermals die Geschichte des treuen Hundes Krambambuli erzählt, mochte die Kusine nicht sehen. Pitt hatte ihr das Programmheft zu lesen gegeben: störte sie sich daran, dass der Frauenschwarm Rudolf Prack, der in dem Film „Krambambuli", den sie als Fünfzehnjährige, etwa in Pitts Alter, gesehen hatte, den verwegenen Wildschütz gespielt hat, nun im neuen Hundefilm den ernsten, gesetzten Förster spielen musste? Der Prack, der in so vielen Filmen mit der Flinte sinnend über die Heide wanderte, war auch in den Augen Pitts ein attraktiver Schauspieler, er hatte aber bisher nur die Filme gesehen, in denen an seiner Seite die viel jüngere Sonja Ziemann spielte, die ihn an seine Mutter als junge Frau erinnerte.

Krambambuli, in seiner Loyalität qualvoll hin- und hergerissen zwischen dem Wilderer, der ihn aufgezogen, und dem Förster, der ihn adoptiert und in eine neue Dressur genommen hatte – der edle treue Hund, zeitversetzt, zwischen Prack und Prack. Der Film sei so traurig, sagte die kluge Kusine, der tote Krambambuli erinnere sie an Purzel. „Aber er stirbt nicht", sagte Pitt begeistert, „nach dem Tod des ersten geliebten Herrn kehrt er zurück zu seinem respektierten zweiten, er ist doppelt treu". Nein, behauptete die Kusine, Krambambuli, mit dem Vorwurf der Untreue vom Förster verstoßen, stürbe! Der neue Film sei falsch. Und kitschig sowieso.

Welchen Film mochte sie gesehen haben, in der Frühzeit des Krieges, in der Purzel geboren wurde? In der Stadtbibliothek konnte die Wahrheit schnell gefunden werden: In Marie von Ebner-Eschenbachs Erzählung verendet Krambambuli elend auf der Schwelle des zweiten Herrn, der ihn verstoßen hatte. Aber wäre es nicht attraktiv gewesen, die freundlichere Version im Film zu sehen: sich zu erfreuen an der glücklichen Wiederaufnahme des in Wahrheit ja treuen Hundes in die alte Jagdgemeinschaft? Nein. Und abermals nein. Der Wahrheit, sagte die kluge Kusine, müsse man ins Auge sehen, die Versöhnung zwischen Herrn und Hund sei Kitsch. Zwar habe der

Förster, von Reue und Liebe gepackt, den Hund heimholen wollen, aber es war zu spät. „Der Jäger verschmerzte ihn nie", sagte die Dichterin. Ein kleiner Triumph hatte in der Stimme der Kusine gelegen: es gebe eben Entscheidungen, die könne man nicht gutmachen. Auch nicht in Filmen mit schmalzigen Liedern.

18
Kann ein Hund wie Krambambuli wirklich sterben? War denn Purzel tot? Manchmal hatte Pitt in den Todesanzeigen der ‚Hannoverschen Presse' gelesen, ein Verstorbener lebe in den Herzen der Menschen, die ihm nahestanden, weiter. Er hatte einmal versucht, seinem Onkel diesen offenbar weitverbreiteten Trost nahezubringen. Der Onkel, dessen frühere Wortkargheit redselig anmutete im Vergleich zu der Schweigsamkeit, die sich lähmend auf jeden Gesprächsversuch legte, reagiert auf Purzels Namen immerhin mimisch abwehrend. Pitt war auf den verwegenen Gedanken gekommen, den Onkel zu überreden, sich wieder einen Hund anzuschaffen – hatte er wirklich „anschaffen" gesagt? Er hatte den Nachbarn Thomsen, der keine Hunde mehr aufzog, nach einer Adresse gefragt, wo er sich Foxterrier anschauen könne. Der hatte der Tante von der Neugier ihres Neffen berichtet – hatte er vielleicht mit dem Onkel selbst gesprochen? Die Tante hatte ihn so wütend kritisiert wie nach der Zerschlagung der Glühbirne im Kohlenbunker, ihre Stimme aber war mit jedem Satz sanftmütiger, ja weicher geworden: „Dein Onkel wird nie, nie wieder einen Hund haben."

Den Schlüssel zum Verständnis dieses Satzes in seiner traurig machenden Endgültigkeit fand Pitt in seiner Handelsschule. Neue Schule, neue Freunde, und einer war

Ehrenfried Müller, der ihn im Sommer des zweiten Jahres in der Handelsschule zu seiner Geburtstagsfeier einlud. Die Adresse versetzte Pitt einen kleinen Schlag: er kannte die Straße, die Hausnummer, er kannte das Haus. Sein Schulkamerad wohnte in dem Etagenhaus, das an den großen Garten grenzte. Der Freund wohnte eigentlich bei seinen Eltern in Mandelsloh fern von Hannover, hatte sich aber wegen des Schulweges bei seinen Großeltern einquartiert. Den Großeltern erzählte Pitt von seinen Ferienerlebnissen im großen Garten, wie er sie schon seinem Freund erzählt hatte. „Bei den Heinses?" Ja! Und in ihrer Obstplantage, in der Hütte, bei den Hühnern, bei den Kaninchen in Limmer, mit dem Hund Purzel – „den haben Sie doch gesehen, nicht? Er ist tot. Er wurde erschlagen."

„Von seinem eignen Herrn. Ja, das ist schrecklich."

Pitt war Gast auf einer Geburtstagsfeier, sieben, acht Gäste waren im Zimmer, sollte Pitt laut, ungläubig fragen: von seinem eigenen Herrn? Der nur der Onkel sein konnte. Oder: Wie meinen Sie das? Nein, er blieb mit dieser Behauptung noch eine ewig dauernde Kaffeetafel lang allein.

Nicht der Großvater Müller war Zeuge gewesen, sondern ein Mieter in der Wohnung über ihm, als der allen bekannte, von allen geschätzte Ludwig Heinse seinen Hund erschlagen hatte, mit einem Holzscheit, das am Hackklotz nahe der Hütte gelegen hatte. Nein, es sei nicht das Beil gewesen, sondern ein Holzscheit. Das habe Herr Heinse der Polizei gegenüber zugegeben, die von dem Nachbarn gerufen worden war. Der Nachbar habe Herrn Heinse wegen Tierquälerei angezeigt. „Aber du kennst ja die Geschichte. Weiß der Kuckuck, was in deinen Onkel gefahren ist. Ein Herz und eine Seele, und dann so etwas. Ich weiß nicht, welche Strafe sie ihm aufgebrummt haben. Aber ich fand es richtig, dass er angezeigt worden ist."

Pitt war erstarrt, doch das musste wie Gleichgültigkeit gegenüber einem längst vergangenen, längst vergessenen Ereignis gewirkt haben. Ja, Pitt ließ kaltblütig Bemerkungen fallen, die dem Großvater Müller sagen sollten: Ja, schrecklich, ich habe das auch nicht verstanden. Als er dem aufmerksam gewordenen Ehrenfried den Hintergrund seines Gesprächs mit dem Großvater erklärte, sagte er nicht, dass er vom Tod eines Freundes erzählte. Und dem Verlust eines dankbar verehrten Onkels.

Wie hätte er sich gefreut, nach der Geburtstagsfeier hinunter in den Garten zu stürzen, um den Onkel zu überraschen! Er stand mit Herrn Müller auf dem Balkon und spähte durch die Blüten und ersten Früchte der hochragenden Tomatenpflanzen auf den großen Garten. Der Onkel mühte sich mit seinem Handwagen auf dem ökonomisch schmalen Hauptgang des Gartens, in dem sich die Räder immer wieder in den Rändern der Rabatten verhakten; wie wirkte er zerbrechlich in der gebückten Haltung, in der er an der Deichsel zerrte. Er soll Purzel erschlagen haben? mit einem Holzscheit?

Er blickte hinüber zur Hütte, an deren Seite der hohe Hackklotz stand, an dem der Onkel – aber auch er selbst hatte das immer gern getan – aus abgestorbenen oder ausgeschnittenen Ästen seiner Bäume Kleinholz schlug, manchmal auch Scheite aus Stämmen kräftiger Bäume vom Benther Berg, auch Stubben abgestorbener Bäume spaltete. Und wenn so ein Scheit nach dem Schlag ins harte Holz mit großer Wucht vom Klotz geschleudert worden wäre und Purzel, der ja immer lauschend und lauernd die Arbeit seines Herrn verfolgte, am Kopf getroffen hätte. Tödlich?

Ja, das Blickfeld von den höheren Balkonen dieses Hauses bis zum Hackklotz an der Hütte war frei, kein Strauch, kein schwankender Zweig, keine hochstehenden Sonnenblumen, keine Pergola, frei. Doch der Weg des Blickes war weit. Hätte man denn wirklich erkennen können, was im Garten geschah? War der Nachbar vielleicht durch Purzels Heulen auf ein außergewöhnliches Geschehen im Garten aufmerksam geworden, war auf den Balkon getreten und hatte, noch ohne Arg und Neugier, hinübergeschaut und gesehen, dass der Onkel sich, mit einem Scheit in der Hand, über den am Boden liegenden Hund gebeugt hatte?

„Kennst du denn die Geschichte nicht?" fragte Herr Müller. Auch der Nachbar habe gedacht, Purzel sei einem Unfall beim Holzhacken zum Opfer gefallen. Wie könne einer denn denken, ein freundlicher Mensch wie der Ludwig Heinse könne seinen Hund erschlagen? Doch der Nachbar habe deutlich und mit Grauen gesehen, dass der Heinse mit weitausholender Gebärde auf den am Boden liegenden Hund eingeschlagen habe. Der Polizei gegenüber hatte Onkel Ludwig die Beobachtungen des Zeugen bestätigt. Eine Obduktion – sagte Herr Müller „Leichenschau"? – sei wirklich nicht nötig gewesen.

Hätte der Nachbar nicht mit dem Onkel sprechen müssen, ehe er die Anzeige erstattete? Vielleicht gab es ja doch Umstände, die den Onkel entschuldigten oder die Tat, wenn es denn eine war, verständlich erscheinen ließ. Nein, sagte Herr Müller, der Nachbar sei empört gewesen, und wenn einer ein offenkundiges Verbrechen anzeigen wolle, dürfe er nicht mit dem Täter reden, zumal, wenn er ihm persönlich bekannt sei. „Ich hätte Herrn Heinse auch angezeigt", sagte Herr Müller. Und Pitt, der kleine Tierschützer, der ehemalige (denn die Handelsschule hatte sein Interesse an seinem Ehrenamt erlahmen lassen), fragte sich auf dem Heimweg, ob er, wenn er ein neutrales Verhältnis zu einem Ludwig Heinse gehabt hätte, den Täter angeklagt hätte.

Eine Weile schob Pitt sein Fahrrad, denn er wollte verhindern, seinen Onkel auf seinem Heimweg nach Limmer zu überholen. Unter dem Vorwand, seinen Freund besuchen zu wollen, hätte er immer zum Onkel in den Garten gehen können, um mit ihm über das, was er gehört hatte, zu sprechen. Er hätte auch leicht das Gespräch mit dem Nachbarn suchen können, und wenn der Onkel ihn zufällig in der Nähe des Hauses „ertappen" würde – ja, so hatte er gedacht –, könnte er leicht auf seinen Schulkameraden verweisen.

Wäre er ein begabter Zeichner gewesen, wie sein Bruder, hätte er den Abschiedsblick auf den Onkel, der seinen Wagen mühsam durch seinen Garten zieht, gezeichnet. Der Weg steigt an, – das war dem Springinsfeld Pitt früher gar nicht aufgefallen. Natürlich hat er nicht mit dem Onkel gesprochen. Er hat nie mehr mit ihm gesprochen. Nicht dass er ihn verdammt hätte. Es war die Scheu, mit einem Mann zu sprechen, der ein Wesen, das er gewiss geliebt hatte, umgebracht hatte. Totgeschlagen. Ermordet? Dass zwischen einem Totschlag und einem Mord ein Unterschied bestand, hatte er in seiner Handelsschule – in der im Deutschunterricht über die „Judenbuche" von Annette von Droste-Hülshoff diskutiert worden war – schon gehört. Mord, das ist ein Verbrechen, das aus Habgier und niedrigen Beweggründen geschieht, aus Grausamkeit. Obwohl: grausam war die Tat des Onkels wohl.

Der kleine Tierschützer hatte zwar die Fibel des ordentlichen menschlichen Betragens gegenüber Tieren in einem kleinen Buch und in seinem Kopf, aber das Tierschutzgesetz, das ihn aufklären konnte, wie schwerwiegend ein Hundemord sein kann, musste er in der Stadtbibliothek suchen. Er hatte den Polizisten gesehen, der den Mörder in seinem Haus heimgesucht hatte. Welche Gedanken mochten ihn unter seinem unter der Sonne glänzenden Tschako bewegt haben. Mitleid? Zorn? Angewidertsein? Vielleicht hatte er ja einen Hund zuhause. Vielleicht kannte er einen der vierbeinigen Mitarbeiter in der Hundestaffel.

19

Hatte der Onkel im Gefängnis gesessen? War die Kur, die er im letzten Winter gemacht hatte, vielleicht ein Gefängnisaufenthalt gewesen? Mit Hilfe einer freundlichen Bibliothekarin fand Pitt ein Buch, das zwar nur von Pferden handelte, in dem aber doch das Tierschutzgesetz abgedruckt war. Ein Reichstierschutzgesetz? 1933 beschlossen. Ob das noch gültig war? Die Bibliothekarin wusste es auch nicht genau, konnte Pitt aber versichern, dass viele Gesetze, in deren Glanz sich noch Hitler und Himmler gesonnt hätten, nach wie vor unverändert in Kraft seien. Und dieses Gesetz sagte klipp und klar in seinem ersten Paragraphen, niemand dürfe einem Tier ohne einen vernünftigen gerechtfertigten Zweck Schmerzen oder

Leiden zufügen. Das wusste der kleine Tierschützer natürlich schon, denn das hatte der Albert Schweitzer viel eindrucksvoller gesagt. Ehrfurcht solle man haben, vor dem Leben.

Wer ein Tier unnötig quäle oder roh misshandele, sagte das Gesetz über Strafe und Bußen, werde mit Gefängnis bis zu zwei Jahren bestraft, auch Geldstrafen kämen in Betracht. Vom Töten war nicht die Rede. Nur das Schlachten und die Versuche an lebenden Tieren waren geregelt, und dabei komme es darauf an, dem Tier keine vermeidbaren Schmerzen zuzufügen. Hatte Onkel Ludwig Purzel unnötig gequält? Hatte er ihn roh misshandelt? Purzels Tod war unnötig, das war klar. Er hatte ihn misshandelt, das war auch klar. War der Onkel dabei roh gewesen? Roh sei eine Misshandlung, sagte das Gesetz in seinem ersten Paragraphen, wenn sie einer gefühllosen Gesinnung entspreche.

Pitt war bereit, seinen Onkel wegen des Totschlags an Purzel zu verurteilen. Doch eine gefühllose, auf jeden Fall niederträchtige Gesinnung mochte er dem gutherzigsten Mann, den er kannte, nicht vorwerfen. Hatte er nicht erlebt, wie Purzels Tod den Täter getroffen hatte? Gut, es gibt auch reuige Mörder, die sich nach ihrer Tat selbst verdammen. Nein, so einer war der Onkel nicht.

War es für ihn nötig gewesen, seinen Hund zu töten, hatte er einen Grund dafür, Purzel umzubringen? Gar einen vernünftigen? Wenn er sich von ihm trennen wollte – was Pitt sich nicht vorstellen konnte – und ihn irgendwo ausgesetzt hätte oder ihn irgendwo zum Verhungern oder Verdursten eingesperrt hätte, wäre er bestraft worden, allerdings nur mit Geld. Hätte nicht auch Krambambulis zweiter Herr, der Förster, bestraft werden müssen, weil er ihn in Hunger und Kälte nicht in sein Haus gelassen hatte, wo er doch wusste, dass der erste Herr, von ihm selbst erschossen, seiner Betreuerpflicht nicht mehr nachkommen konnte.

Pitt wusste, dass er jetzt eine zweifache Pflicht haben würde. Die erste: er müsste mit dem Nachbarn seines Freundes Ehrenfried, dem angeblichen Tatzeugen, sprechen, um aus erster Hand zu erfahren, ob der Onkel getötet hatte. Ob der Zeuge gesehen hatte, dass schon der erste verletzende Schlag ein gezielter Tötungsschlag gewesen ist oder nicht doch vielleicht ein Unglücksschlag, dem ein zweiter, die Schmerzen beendender Erlösungsschlag gefolgt ist. Zwei Schläge – davon soll der Zeuge gesprochen haben. Seine zweite Pflicht: Onkel Ludwig sein Wissen zu offenbaren und ihn zu fragen: Hast du Purzel getötet? Und warum. Hattest du einen Grund? Einen vernünftigen. Ich bin ja bereit, dich und deine Gründe zu rechtfertigen, wenn – ja, wie weit wollte Pitt in seiner Bereitschaft, Unerklärliches zu verstehen, gehen?

Ehrenfried hatte mittlerweile, auf das traurige Ereignis im Garten nebenan aufmerksam geworden, mit seinem Großvater über die Zeugenaussage des Nachbarn gesprochen. Der Nachbar habe noch lange in großer Erregung über die beobachtete Tat gesprochen, er hatte sie mit einer Genauigkeit beschrieben, als hätte er im Rücken des Täters gestanden. Und er hatte sich empört gezeigt: ein Naturfreund wolle der Heinse sein, dieser alte Sozi! Sein Bericht sei so genau gewesen wie das Protokoll der Polizei. Wenn die Polizei ihn bestätigt gefunden hatte, ja, dann war der Onkel wohl mit Gefängnis bestraft worden. Die Tat lag schon lange zurück. Wenn er, Pitt, jetzt anfinge, mit seinen Fragen und Zweifeln die Tat noch einmal heraufzubeschwören – müsste der Zeuge dann nicht annehmen, er werde der Falschaussage verdächtigt, und müsste er nicht annehmen, der Heinse stünde hinter dem kindischen Versuch?

Und wie sollte Pitt den Onkel befragen? Den ohnehin so schmerzlich verstummten. „Onkel Ludwig, wie ist Purzel umgekommen? Du hast ihn doch nicht erschlagen, wie dieser Nachbar behauptet hat! Du hast ihn getötet, ja, aber ihn doch nicht umgebracht. Was hast du der Polizei gesagt. Wie bist du bestraft worden? Wenn du Purzel getötet hättest, ohne Grund, dann hättest du doch ins Gefängnis gehen müssen." Ob er seine Fragen nun so oder anders gestellt hätte: jede Frage hätte ihn eine übermenschliche Anstrengung gekostet. Er hätte auch die Tante fragen können: ist Onkel Ludwig bestraft worden Purzels wegen? Aber das wäre noch feiger gewesen als den Onkel nicht zu befragen. Ja, Pitt muss das gestehen: er ist in seinem ganzen Leben nie sehr mutig gewesen. Er hat sich oft vor Fragen weggeduckt.

Und wenn der Onkel sich tatsächlich von seinem Hund trennen wollte? Er ihn aber nicht verstoßen wollte? Wenn er, der so viele Kaninchen und Hühner geschlachtet hat, gedacht hätte: Ich töte meinen Hund schmerzlos, das ist das Beste für ihn, besser als ihn wegzugeben, er soll keine Schmerzen leiden, ich werde ihn betäuben, und es ist erlaubt, einen Hund wie ein Kaninchen durch einen heftigen Schlag auf den Kopf so zu betäuben, dass ein zweiter Schlag, wenn er überhaupt noch erforderlich ist, ohne Schmerz empfangen werden kann. Wenn er so gedacht hätte?

Eine Szene, in der ein Ludwig Heinse in besinnungslosem Zorn, in aufwallender Wut, auf seinen Hund einschlägt, konnte Pitt sich nicht vorstellen. Der zarte geduldige Mann, der nachgiebige, hilfreiche? Und war nicht auch sein Züchterherz, sein zärtlich verständiger Umgang mit seinen Karnickeln, voll von dem, was der Albert Schweitzer die Ehrfurcht vor dem Leben nennt? Die viele hingebungsvolle Arbeit, die zeitraubende Pflege, der Aufwand.

Aber natürlich: ob der Onkel im Gefängnis gesessen hatte, müsste die Kusine wissen. Und gewiss würde sie, die Kluge, es ihm sagen. Um ein Zusammentreffen mit dem Onkel zu vermeiden, hatte er sie wieder ins Kino und zum Eisessen eingeladen. Er hatte dem Gespräch mit seiner Kusine ängstlich entgegengesehen, denn er musste sie ja mit dem Bericht über ein ungeheuerliches Geschehen konfrontieren. Wie müsste sie es erschrecken! Allerdings: hätte der Onkel wirklich eine Zeitlang im Gefängnis gesessen, würde sie den Grund dafür kennen.

Er hatte noch keine drei Sätze gesagt, da hörte er: „Es ist so wie es ist. Wie du es gehört hast. Dein Onkel hat den Purzel erschlagen. Wir wissen es alle, deine Tante, Horst, ich. Wir haben uns damals darauf verständigt, es dir nicht zu sagen. Wir wollten dich nicht traurig machen, und wir wollten das Bild, das du von deinem Onkel hast, nicht beschädigen." Man habe dem Onkel seine Krankheit, seine so oft bewiesene Fürsorge für Tiere zugutegehalten, man habe ihm geglaubt, dass er alles daran gesetzt habe, seinen Hund schmerzlos zu töten. Aber die Geldstrafe sei „heftig" gewesen. Ohne Horsts und ihre Hilfe hätte er die Strafe nicht bezahlen können.

20
Hat Pitt herausgefunden, warum Purzel umgebracht wurde? Die Frage nach dem Täter hat er klären können, ja, mit Hilfe des Zufallsboten aus seiner Handelsschule. Hätte die kluge Kusine ihm vielleicht eines Tages erzählt, was sie wusste? Vielleicht nach der Beisetzung des Onkels, auf der seine Liebe zur Natur, zu den Tieren, zu seiner Familie von einem Trauerredner der Freidenker gerühmt wurde?

Ein Vierteljahrhundert später wurden die Tagebücher Thomas Manns aus den Jahren 1937 bis 1939 veröffentlicht, des Schriftstellers, der auf seinen Spaziergängen gern einen Hund an seiner Seite hatte. Herr und Hund – ist das nicht ein Stabreim, der ein Liebesgedicht auf die allerkürzeste Formel bringt? Und eine vitale Geschichte: der Bauschan, der vor den Augen seines Herrn so wild bewegt springt wie die Wellen der Isar. Mit seinem Hund in Küsnacht dagegen ist der ausgebürgerte Autor nicht glücklich. Bei Frost und Schnee geht er im Januar 1938 mit seiner Frau Katja spazieren, und er hat, ohnehin missgelaunt an diesem Morgen, Ärger mit seinem Hund, der „als unerziehbar abgeschafft werden sollte". Kein munterer Bauschan, eher eine unbrauchbare Sache. Ja, was sagt man anderes als „abgeschafft" über ein Tier, das kein Freund geworden ist?

Drei Wochen später die Szene bei Tisch, einem Essen mit mehreren Personen: der Sohn Michael gesteht, in einem Weinkrampf nervlich zusammenbrechend, dass er am Morgen sein „Hündchen" getötet habe, nach einem „Champagner-Exzeß" am Tag davor. Eine „bedenkliche Geschichte" nennt Thomas Mann das. Eine Tötung aus Welt- und Existenzekel, und deshalb in den Augen der besorgten Eltern „bedenklich"? oder bedenklich wegen der Grausamkeit gegenüber einem Tier, dessen verdammenswerte Unart in Wirklichkeit im Charakter des Herrn liegt und das ja wohl – auch die Schweizer Tierfreunde werden das so gesehen haben – „ohne vernünftigen Grund" erschlagen worden ist.

Lange, lange hat Pitt über diesen Seiten des Tagebuchs aus dem Jahr 1938 gegrübelt, und auch sein Herausgeber, Peter de Mendelssohn, hat ihm in den Fußnoten keinen Fingerzeig auf das Motiv und den Hergang der Tat geben können. Es ist kein Vergleich möglich zwischen der hysterischen Tat eines verwöhnten labilen jungen Menschen mit einem Sektkater und dem offenbar verzweifelten Entschluss eines Mannes am erwartbaren Ende eines in Verantwortung und Tüchtigkeit zugebrachten Lebens. In der statistischen Mitte seines Lebens nahm Pitt sich vor, seine bedenkliche Geschichte bis zum Ende seines Lebens erzählt zu haben, mag sich für sie interessieren, wer wolle.

Als Thomas Mann beim Spaziergang mit seinem Hund haderte, schrieb er an seinem großen Essay über Arthur Schopenhauer. Den Philosophen mit dem Pudel, der Atman hieß, Weltseele. Wilhelm Busch, in seinem bitterbösen Humor von Schopenhauer ein bisschen infiziert, hat die beiden Spaziergänger vom Mainufer gezeichnet, von hinten, im Nebeneinander der Haarkränze von Philosophenhinterhaupt und Schwanzspitze. Der Philosoph, dessen Blick die Täuschungsfassade der Erscheinungswelt durchdrang bis auf ihren wahren Kern, den Willen, den Willen zum Leben, der seinen tausendfachen Ausdruck findet und sich in den Geschöpfen, die er aus sich gebiert, selbst bekämpft, hat uns gesagt, was wir empfinden sollen, wenn wir einem Mitgeschöpf begegnen: das bist auch du. Pitt hat in seinem zweiten Jahr in der Handelsschule Schopenhauer – der ja schließlich auch ein Handelsschüler war, aber natürlich nicht auf dem Lehrplan stand – für sich entdeckt. Und wenn er nachdachte über dieses „tat twam asi", dieses Rätsel des Sichselbsterkennens in allem, was lebt, dann dachte er an Ludwig Heinse, den Mann, der in seinem Hund sich selbst erschlagen hatte.

Die kluge Kusine sah das so. Der brauchte er nicht mit seinem Philosophen zu kommen. Das Verstummen des Schwiegervaters nach dem Tod seines Hundes, sein langsames Verlöschen, das nicht nur auf sein chronisches Leiden zurückzuführen gewesen sei, seine Abkehr von allem, was ihm wert gewesen sei, den Kaninchen, dem großen Garten, ja, der Familie – „dein Onkel lebte mit einem Todesurteil, das er sich selbst gesprochen hatte."

Hätte Pitt den Onkel aufheitern können? Vielleicht mit seinen Lesefrüchten, gepflückt aus einem tief pessimistischen Buch, das aber ja doch in der Heiterkeit der Erkenntnis dem Menschen hilft, sich die Widrigkeiten des Lebens untertan zu machen. Wer hätte ihn daran hindern können, immer und immer wieder mit dem Rad zum Morgenland zu fahren und die Griesgrämigkeit, ja die erkennbare Schwermut des Onkels durch Unbekümmertheit und frische Geschichten aus der Welt von Schule und Freizeit, Lesen und Tun zu durchbrechen. Der Onkel war vor Purzels Tod in seinem Wesen nicht abweisend gewesen, warum sollte er es danach bleiben? Ja, er hätte mit dem Onkel über den Purzel sprechen sollen, wie er es ja auch mit seinem Brüdern noch viele Jahre nach der notgedrungenen Ausstoßung Fiffis getan hatte. Aber der war nicht tot gewesen, der lebte, irgendwo.

Pitt war aufgefallen, dass der Onkel sich sogar vor dem fröhlichen Liebreiz seiner beiden Enkelinnen verschloss, und auch die Mädchen schienen das zu spüren, denn sie verhielten sich wie Pitt: sie näherten sich ihrem Großvater gleichsam auf Zehenspitzen und mit verhaltenem Atem, als wollten sie ihn nicht stören in seiner erkennbaren Einsamkeit.

Ja! Es hätte Möglichkeiten gegeben, dem Onkel in seiner zunehmenden Verdüsterung wie ein Eisbrecher im Seelischen zu begegnen. Die Tat, die schreckliche Tat, wäre dadurch nicht ungeschehen zu machen gewesen. Aber vielleicht wäre das Bild des Totschlags im Geist des Täters leichter verblasst.

Das jedoch hielt die kluge Kusine nicht für möglich. Nach der Beisetzung des Onkels hat Pitt mit ihr über die Todessekunden Purzels gesprochen und darüber, wie sie den Onkel verwandelt hätten. „Und wenn er hundert geworden wäre. Das Bild hätte ihn nie verlassen." Das Bild, das die Kusine schilderte, ist in Pitts Erinnerung nicht blasser geworden, nein, es hat sich immer stärker und tiefer in seine Seelenhaut, als ein wahres existentielles Tattoo, eingeätzt. Aber zum Vorwurf macht Pitt das der klugen Kusine nicht.

„Vater hat Schweinen den Bolzen in die Stirn geschossen, er hat Kaninchen mit dem Knüppel besinnungslos oder totgeschlagen, er hat Hühnern den Kopf abgeschlagen, aber er hat nie in seinem Leben daran gedacht, einen Hund zu erschlagen. Er hat's getan, einen Schlag, hat er gedacht, und Purzel ist tot. Schmerzlos, wie alle die Tiere, die unter seinen Händen gestorben sind. Auf die Stirn, auf die breite Stirn, dorthin – erinnerst du dich an den weißen

Streifen zwischen den Flecken auf seinem Gesicht? Vielleicht hat er gerufen, damit Purzel näher an ihn herankommt, das Gesicht seinem Herrn voll zuwendet, mit diesem leichten Hin und Her des Kopfes, mit dieser Erwartung in seinen Augen. Der Schlag, aber Purzel ist nicht tot. Was nicht geschehen darf, ist geschehen, Purzel ist nicht tot. Du kannst nicht sofort wieder zuschlagen, du musst erst diesen Schock überwinden: Purzel ist nicht tot. Er liegt da, aber er hat noch die Kraft, seinen Kopf zu seinem Herrn emporzuheben. Er braucht nicht zu jaulen, nicht zu wimmern, er schaut seinen Herrn aus seinen lebendigen Augen an. Was hat Vater in ihnen gesehen? Eine Frage? Den Schmerz? Die tiefe Verstörung eines Tieres, das in seinem menschlichen Freund seinen Feind erkennen muss. Haben die Augen gerufen: hilf mir! Hatten die Augen noch die Kraft, den schon wieder erhobenen Arm zu hemmen und hat Vater dann seine Augen geschlossen, um das Scheit wieder niedersausen lassen zu können? Diese wenigen Augenblicke – da lag doch eine Freundschaft von fünfzehn Jahren zwischen den beiden, ja, dem Mörder und dem Opfer. Hält einer diese Blicke aus? Kann er sie jemals vergessen? Du hast deinen Onkel in der letzten Zeit nicht so oft gesehen. Er hat die Menschen nicht mehr angeschaut, er hat den Blick gesenkt vor jedem. Er hat zur Seite weggesehen. Er wollte nicht, dass die Menschen um ihn herum das in seinen Augen sehen, was er gesehen hat, als er auf Purzel einschlug. Und dann musste er ihn begraben. In meinem Picknickkorb, der in der Hütte gestanden hat."

21

Nach sechzig Jahren ist Pitt wirklich am Tatort gewesen, nicht nur im Geist wie an dem Tag, an dem er zur Zeit der Jahrhundertwende zufällig im Hotel Benther Berg gewohnt und zurückgedacht hatte an die Ereignisse, die er jenseits des Langen Bergs erlebt hatte. Er hatte die Vorortlandschaften vieler Städte vor Augen gehabt, die überall über die Stadtgrenzen hinauswachsenden Vororte. In einer Erzählung darf der Autor ja die Wirklichkeit ignorieren. Das Bild, das er zeichnete, war falsch. Warum hat er nicht einfach den ersten Absatz gestrichen? Er wollte nicht Abschied nehmen von den ersten Zeilen seiner Geschichte, die ihn hineingezogen haben in alle die Seiten bis zum Schluss.

Er hat wieder ein Wochenende im Hotel am Benther Berg gewohnt und ist unter einer ungetrübten Spätoktobersonne über den Hohen Berg gewandert, durch das knöcheltiefe raschelnde Laub, in die Felder hinein, vorbei an den langen Reihen der zu Mieten gehäufelten Rüben, die noch auf ihren Strohmantel warteten, hat das Salzflüsschen Fösse überquert, die Stadtgrenze Hannovers fest im Blick. Was seine Phantasie ihm vorgegaukelt hatte, erschien nicht. Keine Siedlung von Reihenhäusern oder Villen, keine Carportsäulen in versiegelten Vorgärten. Das Haus, von dessen Fenster aus der Totschlag beobachtet worden war, stand da, grauer und niedriger als in Pitts Erinnerung. Und der Garten des Onkels lag vor ihm in seiner großen Fläche. Nein, nicht das Morgenland: eine Wildnis war entstanden, doch die Konturen seiner Struktur waren unverkennbar. Im Hintergrund die Streuobstwiese, vorn ein Unkraut- und Wiesenfeld, Buschwerk, dahinter und daneben ein Tannenwald, der den

Blick auf den Benther Berg versperrte. Pitt sah mit Erstaunen das Gefälle des Gartens, das ihm als Kind nicht aufgefallen war, das ihm aber die Anstrengung, in der Onkel Ludwig seinen Handwagen zur Straße zog, vor Augen führte. Der Garten war eingezäunt, ein breites Gattertor verriegelt. Im Vordergrund sah Pitt Steine, die wie die Fundamentreste eines abgerissenen Häuschens aussahen: aber an dieser Stelle hatte das Gartenhaus nicht gestanden.

Pitt hatte zeitraubende Mühe, mit seinem Smartphone gegen die Sonne zu fotografieren, und so wurde schließlich ein Bewohner des Nachbarhauses auf seine Neugier aufmerksam. Er wusste, dass ein Holländer das Grundstück gekauft, aber von der Gemeinde jenseits der Stadtgrenze keine Baugenehmigung erhalten hatte. Die Hannoveraner seien wohl an der Bebauung interessiert, müssten auf sie aber wohl warten, bis der kleine Nachbarort eines fernen Tages wohl doch zur großen Stadt eingemeindet würde oder der kleine Ort sich entschließen würde, in Richtung der großen Stadt zu wachsen.

Glücklicher Dissens zweier Gemeinden, in dem die Bauwut gebremst wurde! Purzels großer Friedhof bleibt unangetastet. Er hat ein Grab, das – wie auf den Grabmalen alter Friedhöfe manchmal zu lesen ist – „auf Friedhofsdauer" angelegt ist. Wenn Pitt jünger wäre, würde er versuchen, den Morgen Land in seinen Besitz zu bringen. Was will der Holländer mit einem Boden, auf dem er nicht bauen darf?